中公文庫

能登早春紀行

森崎和江

中央公論新社

目次

能登早春紀行

第一部　能登早春紀行

能登半島
この地図は2024年現在
のものです。
志雄町は押水町と合併、
現在は宝達志水町。
富来町は志賀町と合併、
現在は志賀町。
能都町は柳田村・内浦町
と合併、現在は能登町。
舳倉島
高屋町
大谷町
真浦町
珠洲市
蛸島町
輪島港
能登町
249
門前町
輪島市
飯田町
穴水町
福浦港
千ノ浦
志賀町
のと鉄道七尾線
能登島
巌門
赤崎
249
249
七尾市
249
中能登町
羽咋市
羽咋駅
159
415
志乎神社
宝達志水町
249
5km

第一章　雪雷　能登・志雄町

　ふしぎな暮れ方をする、と、北陸本線の車窓から外を眺めつつ思った。日本海の上空にまっくろな雲が立ちのぼり空をおおったが、川のように一筋低く底光りする雲の切れまが生まれ、消えることなく黄色い光を放っているのだった。昏らんでいく野にいっそう黄色は色を強めた。二月も末のこと、はだら雪はもう見えなくなり、金沢に近づいていた。乗客もあらかた降りて、寒い。

　空の黄金が赤くなり、突如、雷が高鳴った。

　雪が降り出し、みるみるあたりが白くなるのがわかる。また雷。

「雷ですね、あれは……」

　私は通路をへだてた向こうの座席に、一人残っている女客にとうとう声をかけた。

「びっくりしたでしょう」

女はふくみ笑いをした。

「金沢は雷の多い所よ。早く転任しないかなと思うわ」

「雷が多いって、雪の頃もですか」

「ええ。冬に多いんですよ」

「春雷かしら」

「いいえ。ふつうは春雷って言うでしょ。ここは真冬に鳴るの。ちょうど主人が出張して留守の時にものすごいのを聞いたのよ。地震でも来るんじゃないかと思った。こわくてね。夜中に鳴るんだもの、すごいのが」

車掌が通った。

「ちょっと！」

離れた席で四、五人の男女が酔っていたが、中から女の声が車掌を呼びとめた。

「ビールないの」

「ビールですか」

女をなだめる男たちの声がして、苦笑しつつ車掌が去った。

その女は声を高めた。先程からのせりふを言う。

「金沢の人間はきらい」

男たちが笑う。

「百万石がなんね。気位ばっかり高くて。昔の百万石がどうしたっていうのよ。そんなふうだから金沢はだめって言われるじゃないのォ。ちょっと、ビールないの」

「あんたも金沢の人間じゃないかね」

「そうよ、だから腹が立つ。ビールないの。なんね、この前の研修、金沢だけじゃないの。百万石だって顔するから、だめになるんよ」

男たちが笑った。話が乱れる。

どことなくこの地方の意識を聞くかに思う。

雪はぼたん雪になった。

「このあたりの雪、あまり降りませんよ。降るのは降るけど、積もらないわね」

「能登半島もそうでしょうか」

「さあ……あっちは積もるかもしれませんね」

でも越後あたりとはちがうようだと思う。私の雪支度は重すぎたようだ。

私はいつぞやの豪雪の越後行きとあまりちがわぬ支度で、二月末の能登へ向かっていた。旅に出る前の、漠然とした基準。それはたいてい現地でこわれる。越後の、降っても降っても降りやまぬ屋根越す雪は、想像以上だった。

雷は遠くなった。

特急からの乗継ぎ客を待っていた七尾《ななお》線は、わずかな客を拾うとすぐに金沢駅を発った。車内はくつろいだふんいきがただよっている。

三、四年前のこと、私は一度能登へ行った。あの時は五月で、午前の七尾線で輪島へ向かった。輪島に一泊していったん金沢に戻り、翌朝羽咋《はくい》へ出て、ここから福浦へ行った。輪島は能登半島の北の端にある漁港、福浦は西海岸にある漁港だった。

金沢から羽咋まで急行で一時間足らずである。先年の旅の時、その駅に降りて雨あがりの空をまぶしく思った。羽咋という地名について、駅前の植えこみの中に案内板が出ていた。たしかそこからほど近い神社にかかわるものであった。神が射落とした鳥の羽根を犬がくわえて来たのが地名の起こりとなったというようなものだったと記憶する。

羽咋駅に着いた。

ここで降りる。知人が駅まで迎えに来てくれているはずであった。

でも私は心細く列車を離れた。会うのは十余年ぶりになるだろう。それも仕事かたがた京都で数回会ったばかりで、郷里に帰って寺を継いだと知らせられたきり、先の旅の折も時間がとれずに通り過ごしたのだった。

改札口の灯の下に、志雄《しお》町子浦《しお》の専勝寺の住職である佐竹通さんも、不安げに、客の列を眺めつつ立っていた。

志雄町は金沢のほうへすこし後戻る。車で両側に田がひろがるけはいの宵闇の道を走る。私はなぜか佐竹さんの住む町を山近い所と感じていた。

広い寺の離れでくつろぎ、佐竹さん夫妻に雷に驚いたと話す。

「ああ、雷。あれを雪起こしと言うんですよ」

「雪起こし？」

「ブリ起こしとも言いますね。

十一月の終りか、十二月かなあ、ひどい雷が鳴るんですよ。ああ今年もまた雪起こしや、と言ってね……あれで冬が始まるわけですね」

かたわらで茶をすすめつつ夫人も、

「雪の前に必ず鳴りますよ。雷が雪を持ってくるみたいに。西日本では聞きませんものね」

と言う。

「雪起こしですか……」

「ええ。ブリ起こしとも言いましてね、いよいよ漁期に入るわけです」

「ブリね、寒ブリですね。漁師さんは武者ぶるいするのですね、初冬の、雷鳴……」

佐竹さんが以前会った頃のままの明かるい表情で、ここでは挨拶のことばになってるな、と言った。

「取入れが終って一息ついた寒い晩に突然鳴りますね。すると翌朝、近所の者は挨拶してますよ、畠の野菜なんか取りに出て。今年も雪起こしやな。ああ、雪起こしや……。もう降り出してますからね。すぐにとけるけど。でも、いよいよ冬なんですね。ゆんべ、ブリ起こし鳴ったなあ、なんて言ってるなあ」

佐竹さんがそう言うと、ぱあっとひろがる海原がみえた。北陸の冬はそのようにしてやってくるのか。

「列車の窓から見ていましたら、今日も雷のあと雪が降り出しましたよ。めずらしくて外ばかり見ていました」

「今年は雪はすくないですね。根雪になりませんでした。もうすこしは積もっていたけどここ数日あたたかだったたから。

二月の初めっ頃みえるかと思っていた」

「ごめんなさい。なんだか交通がストップするんじゃないかって。七尾線とか能登線とか」

「そんなには積もりませんよ」

「いつか新潟県の山の中に行って動けなくて」

能登の旅をするなら雪の頃どうぞと、そう言われながら、そして私もそれを望みながら、どこかためらう心が動いてもいた。九州に住んでいて北陸を思うと、それは雪国の越後や秋田とほとんどかわらなく思えるのだった。

「でも二月中にうかがえて、ほんとうにうれしい」

私はもてなしを受けつつ、やっと思いを達した、と思っていた。

翌朝は空がほうと明かるかった。

「晴れそうですね。あ、光が射して来ましたよ」

私はつい声がはずんだ。

「朝光りですよ」

佐竹さんが言った。

「朝光りって？」

「べんとう忘れても傘忘れるなって、このあたりで言います。あんな光、ほんの朝のうちで一日中続くことはありません」

「ああ、それで朝光り。こんなに光っているのにおかしいですねえ」

が、話しているうちに薄暗くなった。

「ははあ、なるほど」

外を見ていると、ちらちらと舞い出した。

「なるほどねえ、雪に傘が必要なのですね」

「しめった雪ですから」

「北海道の雪は、ぱんとはらったら散りますね。それだけここはあたたかいのでしょうね。雪女の伝説なんてのもすくないのでしょうね」

雪起こしはブリ起こしでもあるわけだし、雪は生活の重荷とはならぬ程度に降るのだろう。むしろしあわせを呼ぶもののほうに入るのかも知れない。

雪女の伝説は北国に多い。

旅人が雪の夜道を急ぐ。どこにも民家が見えない。ようやく遠くにぽつりと灯が見える。とんとん、と、戸を叩く。若い女が顔を出し、やさしく中へいれてくれる。食べ物や酒をすすめてくれる。ところが夜半、眠っている旅人をその女が襲うのだ。その雪女の話のおそろしさは、「むしゃむしゃと喰ったど」とか、「旅人は気失ってまて、そごさ倒れで、凍《し》みで死んでまったど」などと、あっけないほど簡単に死を語って終ることにある。人を襲うものは他にもさまざまにあるけれど、ほとんどの場合、何らかの曲折を経て聞く者話す者を納得させて終るのに。たとえば山んばの家に宿り、それと心づいた旅人は逃げ出す。そして追われ、追われつつ、ひとつ、ふたつ、と食べものを放り投げては困らせる。あるいは木に登る。

けれども雪女の話は逃げることもなくその息の一吹きで、「死んでまったど」と、なってしまう。ほとんど恐怖を語るまもなく殺されて、あとは空漠とした雪のおそろしさだけが残る。きっとその話は、屋根まで積んだ雪の中の、あたたかないろりや寝床の中で語られたものなのだろう。雪の恐怖を肌にしみて知っている人びとでなければわからぬほどのものがあるのだろう。雪女に出会っただけでもう最後だと知らされるほどの生活体験があり、それから身を守っているしあわせを感じ合いつつ話したり聞いたりするのだ。だから、きっと、雪女の民話が語り継がれていない地方は、雪は積もっても雪国の意識を持つほどの閉ざされようではないのだろう。子どもの頃私は、雪女を白雪姫のように華やかで、はかない、風とともに走る若い女と思い、夢を寄せていたものだった。

降り出した朝の雪はななめに流れつつ庭木に落ちていく。庭木は雪つりがしてある。枝が折れぬよう枝ごとに頂と枝とを縄で結び、冬の庭の装飾をもかねたように見える。

私は寺の本堂に、すこしの間坐らせてもらう。ひんやりするお堂の中で気持ちが安らぐ。

「ちょっとご覧になりませんか」と、夫人に誘われて、庫裏でかぶらずしを漬けるところを拝見する。昨夜かずかずの心づくしにあずかり、かぶらずしもめずらしくて作り方を教えてもらった。二日ほど塩漬けしたかぶにブリの切り身をはさんで、米こうじを薄く重ね、それを交互に幾段にも置いておもしをする。かぶと魚とこうじの甘みがほどよく溶け合った、味も歯ざわりもさわやかな品である。正月に欠かせぬものとのこと。

私は雪降りの窓近く、塩漬けのかぶをしぼっては切り身をはさんでいく手元を眺めながら、九州では冷蔵庫へいれなければ無理だなと思う。

「作るたびに味が微妙にちがってくるんですよ。家庭によってもとてもちがいます。食べ頃をみはからって二週間くらい前から作っておもしをしておきます」

夫人は「上手でもないのにお呼びしたりして。ゆうべの説明だけでは心許なかったものですから」と恐縮されたが、百聞は一見に如かずである。それにもまして、桶にたっぷりと漬けるかぶらずしの量や、ひろびろとした庫裏の様子から、大黒さんと呼ばれる住職の妻の立場をしのんだことだった。ことに北陸は真宗王国といわれるほど、信徒たちの活動にも伝統のある地方である。きっと寺々も裏方のふんいきが大切なことだろう。いつも誰かが茶を飲みに来ているといった日常の寛容さから、事ある毎に行われる共同の炊飯まで、心くばりは絶えないことだろう。私は厚く礼を言い、大きないろりのある控えの間を通り、雪降る玄関口で別かれた。

佐竹さんに車で志雄町とその周辺を案内してもらい、その足で富来《とぎ》町まで送っていただくことにした。

鶴の首のように日本海にのびている能登半島の、その首の根のあたりに石川県の志雄町はある。富山県の氷見《ひみ》市と接してもいる。専勝寺から十キロも走れば県境である。富山の情報のほうが金沢のものよりも身近かいのではと思われるほどの近さだ。

専勝寺を出ると、すぐそばに志乎《しおみず》神社があった。かつては両寺社のかかわりは深かったという。志乎神社には伝承があって、神無月に国中の神が出雲に集まる時、ここの神ばかりは地元にとどまっていて留守を預かったので、鍵取明神と呼んだものだそうだ。

近くの集落にはそれぞれちいさな社があった。どこもみな出雲神社というそうだが、その呼び名は明治以降のもの。祠のそばで幼ない子と祖母とが遊んでいた。姉さんかぶりの女が笊をかかえて行く。畠のかぶの葉がくろずんでちぢれている。

力石ときざんである大きな石があった。盤持石です、と、佐竹さんが話す。かつて碁盤の上に乗って米俵を持ち上げる競技が、そこここで盛んだったという。そういえば能登の人が書いた江戸末期の書に、力くらべのことが出ていた。脱殻《だっかく》が終ったばかりの米俵を使ってはいけない、米の質によっては米が砕けるから、とあった。また、一俵より重いもので競おうとして他の米俵から力だめし用の俵へ米を追加するようなことをしてはいかん、とも書いてあった。著者は大勢の若者をかかえた豪農の家長である。

力くらべは若者たちのたのしみだったようで、偶数日だけにせよ、とか、使った米俵は俵詰めをし直して、しっかりかがっておけ、とか、力だめしを作業場でするな、など、力わざは相撲とともに暇さえあれば競った様子がしのべた。その風習が、盤持石になって残っているのだろう。

専勝寺も相撲と縁があって、志乎神社の祭りの日には寺の小高い丘で相撲が奉納されたと伝える。寺には力士の墓もあった。その大きな墓石に、朝光りののちの粉雪が降りかかっていた。


私は気ままに能登半島を歩きたい。その半島の入口で、佐竹さんは多忙な時間をさいて近郊を案内してくださった。昨夜羽咋の駅からやって来た時は、海まで続くかに思えたひろがりも、昼の明かりで見れば川や丘陵のそちらこちらに小集落がある。子浦川が曲って流れている。両側の田も曲線をえがいていた。

「このあたりは県境の中でも一番山が低い所ですよ。宝達山や石動山が県境にありますけど、ここから氷見へは平坦な道です」

「昔の人はここを利用したのでしょうね」

「義経が東北へ逃れた時にどこを通ったのか、いろいろ説がありますけどね。逃れ易いのはこのあたりでしょうね」

志雄町は農業が主体の地域だった。私の目にはここはやはり加賀と越中とを往来する往還村といった、どこかからりとしたふんいきが感ぜられた。

集落の中に入る。

「金沢と七尾を結ぶ旧街道です。宿場町としてひらけた所ですよ」

「そんな感じですね。あれは遊廓の名残りかしら」

「そうです。川沿いに昔はたくさん遊廓があった所です」

「昔のほうがにぎわっていたわけですね」

「そうですね」

「志雄町って広いですね」

「以前は日本で一番広い町だったんですよ、志雄は」

佐竹さんは古墳のそばを通りながら、寄りますか、と言った。いえ、いいです。私は答えた。

「加賀藩当時の十村《とむら》役だった旧家が一般に公開しとられますが寄りますか」

「志雄町にあります？」

「そうです」

能登には重要文化財や県指定文化財となった十村役の家はすくなくない。特に奥能登の時国家は著名である。最近は観光案内書にも出ている。私は短い旅の間に、そのような場所を訪れる折のあろうとも思われないので案内を乞うことにした。

「ご迷惑でなければ行ってみましょうか。この近くですか？」

低い山の裾に建つ旧十村岡部家の前に車はとまった。十村とは他地方での庄屋である。

が、庄屋とちがって加賀藩では給地を与えて末端の役人としていた。

二千石代官の役をも行ったという岡部家は、茅葺き、入母屋造りで、明治三年まで三十九カ村を治めたとのことだった。今も家族が住んでおられる。地方行政を行う御用の間、裁判をする裁きの間、大広間、中座敷、藩公の宿泊に使う奥座敷その他に、かずかずの調度や資料が展示してあった。いろりも、かまども、まだ以前のままで、遠近の農夫を相手に二百数十年を経た家であった。

お礼を言って戸外へ出る。

岡部家の大きな表玄関は閉ざされている。家の前にも田がひろがっていた。

「雪どけの水でしょうか、冬の田に水が光っていますね」

「九州の田には水はありませんか」

「かわいていますよ、冬は。水田になるのはたしか五月頃。水をいれます」

「ほう」

「風情がありますね。雪は降るし……」

凍らないのかな、と思う。

「海岸を走って羽咋に行きましょう。若い人が夏はよくドライヴに来ます。今は車も走ってはいないでしょう」

海へ向かう途中にぶどう畠がある。煙草畠も。雪はしぐれのように降ったりやんだりした。

浜辺に出た。

「きれいな渚ですねえ、波もないわ。

車で大丈夫ですかあ、砂にもぐらない？」

「ここは渚ドライヴウェイなんて名前をつけたりしてますねえ。砂の粒子がこまかくてしまってるんでしょうね。

車は走っていないな」

渚はひろびろと遠くまで水にしめって続き、前方かすかに岬が見えた。遠くから対向車が一台走ってくる。

「春の海ですね、これは」

「ちょうどよかった。風が強いと、やはりね」

気まぐれな空が淡い光さえただよわせた。さざ波に千鳥が遊んでいる。砂の上を走って時に他の車とすれ違う。

「遠くに、あれはバスでしょうか。観光バスが来ているみたいですね」

ぽつりととまっている一台のバスのまわりに、同じ服装をした女たちが波を追っている。

「ああ、バスガイドたちですね。シーズン前に訓練しているのでしょう」

沖合の空は小暗い。

「向こうは吹雪いているのでしょうね」

「沖にかすかに影が見えませんか、ぼうと」

「岬かしら」

「今から行く富来はあのあたりです」

固くしめっている渚は、車が幾台も並んで走れそうだった。

第二章　潮しぶき　能登・羽咋市

羽咋市寺家《じけ》町の気多《けた》神社に佐竹さんと立寄った時、雪がひとしきり降った。境内の木立もみるみる白くなった。神殿の裏のこんもりとした森も、ななめに降る雪で見えなくなった。

ここに車を寄せてもらったのはほかでもない。この社から海へ向かった所に氏子たちの墓地があって、その疎らな松の中に折口信夫父子の墓がある。先年の旅の折に詣でたのだが、ゆかりあるこの社には寄る折を持てずにいたためだった。

敗戦前後に十代の末だった私は、折口の古代観に対して、溶かすことのむずかしいしこりを持っていた。今その話を持ち出しても無意味に思えるほど、時代は移っている。私には折口の古代観、わけてもその神道論は直観的拒絶といっていいような、説明するのももどかしく、そして反論の困難な体系だった。それを読めば心がたかぶったのはなぜだったたのか。申しわけないことに、敗戦直後は苦悩にみちた筆づかいで、かつての論理を否定されたのに、その苦渋を無視した。表面的にすぎたからである。

では私が戦時中に天皇は神ではないと考えたかといえば、そんなことはない。他の子どもも思っていたように、それは現実とは別の、日本人なら誰もが演ずる重大な精神の世界のことだと思っていた。子どもたちはしばしば天皇のうんこについて話したものである。

が、折口の古代論が発散させるものは、天皇信仰こそが日本人の実像であり、うんこは虚像だと言っていた。今にして思えば、その論理構造がナルシシズムに固まっていることへの素朴な疑問にすぎなかったろう。私は別にナルシシズムを排しているのではないが、それは個人的な関心にとどまる表現であれば美くしいものにもなる。が、それでもって日本人論を体系化されると拒絶反応を起こしてしまうのである。

私は折口父子の墓前で、しみじみと頭を下げた。その『死者の書』は私の好きな書物のひとつである。それは折口信夫の美意識でとらえた古代が、岩にしたたる露のように見事に表現されていて感動的である。けれども古代論はそうはいかない。

この人はなぜ日本人の実像に迫ろうとはしないのかと、その論旨からこぼれ落ちるものを見つめながら悲しみとも怒りともつかぬ思いが湧くのが常だった。何よりもその生命観が、天皇霊を頂点として単性生殖ふうに語られることへ、疑問を持ち続けた。この発想は自己愛にほかならない、と。

しかし、と今は思う。晩年の短歌に「人間を深く愛する神ありて、もしもの言はゞ、われの如けむ」とある。生涯みずからの感性を神とみるほかにない詩人だったのだ。そして神国を自称した時代に、あたかも自己同一性こそ力だと、ぴたりと重なりつつ生きた、直観の人だった。生まれた時がわるかったとさえ思う。もし、今日この頃であれば朗々としたナルシシズムの文学を展開されたろうなどと、つまらぬ思いを持つ。日本人にとって、同質性の中にある異質な発想を承認しつつ総体的に文化をとらえることは、残された問題だったのだ。つまり、他者の発見は、敗戦によってようやく知的領域にも必要性をもちはじめた未踏の分野だったのだ。

折口父子の墓のまわりには色淡い草が生え、ほっそりした葉からさやさやとゆらぐ穂が一面に伸びていた。地元の人が、その草の名を、チロリンチロリンです、と言った。チロリンチロリン草は潮風にゆれた。

やさしい所に眠っておられる、とうれしかった。私にとって、あの苦難な時代の象徴であった人に、黙禱をささげつつ、日本人が、霊魂をもふくめた生命の発生と消滅について、永続する情熱を燃やして多くの神を生んだことを思った。折口には農夫や女がみていた神はいとしく思えなかったのだ。が、墓標の自筆の跡は、海風の中で、幾万もの民衆の嘆きとまじわりつつ静かであった。はじめて人の声をもつかのように。

もつとも苦しき
　たたかひに
最くるしみ
　死にたる
むかしの陸軍中尉
　折口春洋
　　ならびにその
　　　父信夫の墓

教え子藤井春洋《はるみ》を養子とし、春洋の故郷で、潮とともに寄りくる神々と真向かっておられるのだろう。気多神社の祭神も作者の詩心にふれた寄り神であった。
私は舞い上がる雪の気多神社で、父子の墓をしのんでいた。

なぜあのように戦争中の論理は、折口信夫にかぎることなく、日本人を自己同一性の追求へと追いこんでいったろう。それは敗戦後も、国体論の次元でこそこわされたが、村や集団の論理としてくすぶっている。

折口信夫はみずからその傾向を自覚していた。全集の『古代研究』三巻に亘る「追ひ書き」に次のことばがある。

「比較研究は、事象・物品を一つ位置に据ゑて、見比べる事だけではない。其幾種の事物の間の関係を、正しく通観する心の活動がなければならぬ。……比較能力にも、類化性能と、別化性能とがある。類似点を直観する傾向と、突嗟に差異点を感ずるものとである。……私には、この別化性能に、不足がある様である。類似は、すばやく認めるが、差異は、かつきり胸に来ない。事象を同視し易い傾きがある。これが、私の推論の上に、誤謬を交へて居ないかと時々気になる。」

差異点はものの本質の一要素でもあるだろう。国の内外にかかわらず、それを認める方法の必要を、日本人は切実に感ずることはなかったのだろうか。

雪はしきりに降った。柴垣の海岸から長手島へ私たちは砂の道を渡った。突風が船溜りに波しぶきを霧のように降らせた。砂の上を細い岬へ行ったのだが、そこは潮が満ちれば島になるという。

「ここから向こうに見える滝まで、いなばの白兎の伝説があるんですよ。後代のこじつけでしょうけど」

佐竹さんが風雪の中で話す。

いなばの白兎とわにの神話に、神々のたたかいの跡があるのかも知れぬ。

折口信夫は昭和二年六月に藤井春洋たちと能登の旅に出た。そしていくつかの短歌を書き、四カ月後に「常世及び『まれびと』」を発表。翌年、再度能登半島を一周した。

能登で詠んだ歌に次のものがある。

このゆふべ　潟の田うゑて　もどるらし
声に　ひゞくは、遠世の人ごゑ

田植えをして帰宅する人びとの話し声に、この半島へ渡来してくる以前の古代人の声々を聞いているのだ。のちに『自歌自註』で、「当時の私の考へ方では、遥かな山や岬から、海を越えて渡つて来た人々の、土著して生を営むその順序に、どうしても想像をはせないではゐられなかつた」とある。

その思いを抱く人はすくなくないだろう。海辺の村にはそのことを思わせる伝承や風習が残っている。しかもそれは内陸の別の系統の信仰の彼方にかくれて、ちらちらと断片がうかがえるにすぎないのだから。

折口信夫は海を越えて渡って来た人が土着して生を営むその順序を、生活者の渡来とみることなく、神が単独で渡って来て人びとにあがめ奉まつられ、神のまにまに宮居したと信仰の定着過程を説いてきたのだった。

が、土着して生を営むその順序には、神々のたたかいと、神々の死とが、信仰の対象を異にする集団どうしの長く苦しい関係をしのばせるように、海辺にも残っているのである。その変質の、目に見えぬうつろいは今もなお続いていて、地元の伝承はたとえば祭り太鼓の話ひとつにしても、戦後三十年間でさえ表現はかなりかわっている。ことに海の神々を信仰して来た集団は大和朝廷の時代に早くも信仰の統一をはかられているから、それ単独で続いてはいない。「声に　ひゞくは、遠世の人ごゑ」と、能登人の声の奥にひびいている渡来前の世界を折口はしのんでいるのだった。

　渡来前とは、この日本以外の国というよりも、遠世であり、魂の生まれでてくる彼岸とも、あるいは前信仰世界ともいえる、生活者の原信仰世界なのである。が、それはまだ日本人という近代的概念が生ずる以前の、生活集団の信仰圏であり、後代の民族性を越えてもいた。その原信仰が折口にとっては、神である天皇霊と国体とに結びつき、古代論の骨格となっていった。そしてまた、近代国体論の……。

「いなばの白兎の話のように、ここから向こうに見える岬まで、兎はわにを並べてその背の上をとび渡ったというのですね」

「そんな話なんですねえ」

　海の生きものと陸の生きものの知恵くらべのような伝承は、猿の生きぎもとりの話などと同じように、海洋民族の民話にあるという。ここにもその話があったとしてもふしぎはない。このあたりも大国主の話はそここに足跡をとどめているし、多くの神社の祭神ともなっているのだから。今は語られなくなった海の民話は、他にもきっと多かったことだろう。

「ここが満潮の時は離島になりますの？」

「そうです」

「観光客も多いのでしょうね、岩の上に兎の像が立ってる」

かたわらにちいさな社。そして立札。

「サザエ、アワビ、タコ、エムシ、ノリ、ワカメ、モズク、エゴ、アオノリ、テングサ、ナマコ、とるべからず」とあった。これらの品がこの海辺でとれるのだろう。砂浜が北へ向かってひろがっている。が、雪が激しくなって先が見えない。

「北西の風はめずらしいですよ。いつもは反対側の海が荒れているのだけど」

いつもは荒れているという海が、白兎の話が伝わる海岸である。今日はいくらか静かだという北側で、漁師が一人小型漁船を接岸させていた。小船が五、六艘入る程度の船溜りである。

「こんな日に漁ですか」

漁師にたずねる私の声も吹きとんでしまう。

「朝のうちに網いれて来た」

「網？」

「イイダコ、イイダコ」

寄って行ってタオルをかむったその人に、イイダコ？　と聞いた。沖は砂底なのだそうだ。イイダコは砂底が好みなのか、その沖にいるそうで、二枚貝をくっつけた網をいれ、一週間ほどして引揚げに行くとのこと。タコツボ八百いれてきた、と言った。タコツボになる二枚貝が船に残っていた。子どもの手のようにちいさいものだった。

「九州から来たあ？　わしゃイワシ漁で平戸・五島あたりまで行ったことがあるわあ。まずこし大きい船で。これはタコ漁だからちいさい」

「タコ漁は何人でなさるのですか」

「何人って、一人だあ。三トンだから。こんなもの何人もかかったら商売にならんわ」

船は波でゆれている。灰色の海に白兎が跳ぶような波が立ち、一列になって寄せた。

この沖合の漁の話が聞きたいと思った。アマエビも砂底が好き、とのことだった。風が強くて話を聞くのは気の毒である。さよなら、と言う。「イイダコ食うたか」と雪の小船で言った。

雪はますます強くなった。

風が吹く。風が高波を霧のように舞い上げる。

雷が鳴った。海の上はまっくらである。

「天然カキの産地です、この柴垣は。海水浴に来て食べていましたよ、ぼくらが子どもの時。この頃はどうかな」

海沿いの車道を走る車もすくない。渚ドライヴウェイと書いた看板が私が乗る車の窓からちらと見えた。民宿も多いとのことだし、海水浴でにぎわうのだろう。

この海岸沿いに、半島を北へ向かって、かつて能登鉄道が走っていたとのこと。先ほど通って来た羽咋駅から三明《さんみょう》まで。ディーゼルカーが疎らな松林の中を走っていたと聞いて旅情をそそられる。

かたこと、かたこと、とゆれつつ走る気動車は、毎日乗っているとまだるっこしくなるが、勝手なもので旅先で乗ると郷愁をそそられる。薩摩半島の吹上浜を走っていた鹿児島鉄道を思い出した。あたりの様子もここと似通っていて、どちらも西に海がひろがる砂浜である。吹上浜のほうがひなびているのはやはり都から遠いせいか。あの浜を洗う黒潮は、朝鮮海峡を通ってこの能登半島の西岸までは流れている。夕陽がきれいだろうな、この浜も、と思う。

朝光りのあと一転して私を驚かした雪が、妙成寺へまわった時に途切れ、そして昼食のあとの羽咋巌門《がんもん》自動車道で横なぐりに降った。この時雨と夕立が雪の姿で一度にやって来たような天候を、これも北陸の冬の一面なのだろうと思う。雷がまたとどろく。海鳴りが車の中にひびく。波が空中に舞い上げる霧は車道を昏くする。

それでもどことなく春のけはいである。羽咋の市中をそこことまわってもらっていた時も、地面に落ちてはとける雪でほのかに空気はもやっていた。

「三月はじめに雪が続くと桜がだめになるんですよ」

「芽がかじかむのかしら」

「いや、山の小鳥が餌を求めて桜の芽を食べに来るんですよ」

「あらあら」

「桜見がまるでできない春もありますね」

「今年はきっと大丈夫でしょう」

富来町まではおよそ一時間かかる。

先年の旅の折には富来町の福浦まで行って私は引き返した。富来の町の中までは福浦から更にトンネルをくぐりぬけて行かねばならなかった。

あの時、行きは羽咋のタクシーで海岸沿いに行き、帰りは内陸を通る自動車道をとばした。羽咋・富来間のバスもあるにはあったが、回数がすくなくて国鉄との連絡がうまくゆかなかった。

佐竹さんは昨日雪降りの中を走っていて追突されたのだそうだ。その車のトランクに外浦でとれた海草をいれたまま修理に出して惜しいことをした、と、昨夜思い出して私のために残念がってくれたが、この降りようでは思わぬ事もあろうと、ワイパーで払うまもなく視界をかくす大きな雪を見る。

「やっぱり朝光りですね。そのことを知らないと、きっと傘など持って出ないわ」

「ここの冬は傘は離せませんねえ」

雪は窓硝子に張りつく。

先年能登を訪れた時もそうだったが、文庫本の薄い『歎異抄』を持参している。開き読むこともないが、それになじんだ地域との思いがあるのだろう。もう一冊は『古事記』。奇妙なとりあわせだが、戦争中の学生寮で空襲に追われつつ読んで以来身辺にある。が、仏教徒といえるわけでもないし古代に興味があるわけでもない。ただ、それらにひびく心象の大きさがたのしい。そんなことを視界が閉ざされた車の中で思う。

私が仏教関係の書に、といっても、一般の書物にすぎないが、宇井伯寿や金子大栄の書を手がかりに目を通しはじめたのは戦後の学生寮でのことだった。不安にかられて読みはじめたわけではなかった。もっと能動的な、ほとんど獲物でも探すかのような険しい読み方をしていた。おかしな表現になるが、日本的な発想ではなく、より根源的なものを欲しがった。

が、地元の大学の図書館で探す書物は、読んでわかるというしろものではなかったし、梵字の説明はいっこうに頭に入らなかった。それでも虚脱感の激しかった十八、九の私に、針の先でつま立っているような凜然とした意識だけは保たせた。神国日本の興亡などに左右されない、と、そう思う生ま生ましい感情の芯にあるものは、動物的な生存に対する愛着であったろう。卑近な宗教的な悟りについて書かれたものは敬遠した。

そんな過去が下敷になっているせいなのか、佐竹さんとも縁をいただいた。そして今日また次第に激しくなる雪降りを遠くまで送ってもらう。

「能登はやさしや土までも、ってあのことばはずいぶん昔から言われているのですね」

「おかしな言い方もあるんですよ。能登はやさしや人殺し、とも言います」

「へえ」

「おとなしくて、けど何するかわからん、とでも言うことでしょうか」

「でも、なんだかおもしろいですねえ。やさしや、だけでは人間はねえ。へえ、そうですか。いいな。やさしや人殺しですか」

私たちは笑った。

第三章　風待港　外浦・富来町福浦

富来町福浦の港は、岩山をふかぶかと穿って細長い入江となっている天然の良港である。能登半島の西海岸、唯一の港と言っていい。それほどに半島の西側は山が海に近い。それに比して東側は波静かな内海の富山湾となる。

かつて日本海を往来する北前船が福浦の港を寄港地とした。数百石の帆船が岩にとりかこまれた港に入って、日和り待ちをしたのである。船が入ってくる春先から秋の初めまで、人びとが集まり港はにぎわった。

その当時の地形そのままに、入江のまわりは岩の台地が高い。漁船が数艘舫《もや》っている。入江は中央に岩が出ていて、右と左にわかれている。入江の入口にも岩が見える。

この入江の左右二つの船溜りを、大の澗《ま》・水の澗と呼んだという。風は岩々にさえぎられて静かな水面である。

近くに金刀比羅宮。入江をめぐる崖の下に一列に軒を並べた家。

丘の上の遊廓の跡。

木造の古い灯台。

丘は日和山という。登るとぼうぼうと日本海がのぞめる。そして谷間のように入江。かなりの水深と見えた。

この青い入江に帆を休める船は磯まわりをする小船ではない。日本海の沖乗りをする江戸から明治へかけての北前船だった。福浦近郊の産物を買付けに寄るのでもない。船に水や食糧を補給し、そしてひたすら帆船に都合のいい風を待つ港だった。

「泣いておどかす福良のゲンショ」というたとえ話が残っているそうだ。福浦は古くは福良といった。ゲンショとは遊女のこと。その遊女が、なじみの船頭が港を出る時、別れたくないと泣いて離れないというのである。やむなく船頭は大金を渡して船を出した、と、伝えられるほど出船入船でにぎわった。

日本海を西廻り海運の船が行き通っていた江戸中期以降、日和山に続いた旦過《たんが》地区に遊女屋が並んでいた。西廻り海運は、出羽最上郡にあった天領地の米を、酒田から下関・瀬戸内海を経て江戸まで廻送させるために、幕府の命で江戸の有力商人の河村瑞軒が開拓した航路である。はるばると日本海を渡って往来する年に一度の大航海だった。その航海の折の風待ち港は、酒田から江戸までの間に十カ所ほど定められ、航路の安全をはかるために幕府の保護が加えられていた。日本海側には、佐渡の小木、能登の福浦、但馬の柴山、石見の温泉津《ゆのつ》、長門の下関がある。どの港も今は地方の漁港に戻っている。

福浦はそれら避難港の中でもとりわけ良港であった。『日本汐路之記』という大阪高麗屋の航路案内に次の記事がある。

「この所の船宿、よく日和りを見る。この湊入りを上沖より見るには、生州崎《いきずざき》のすこし上に、とがり山あり。その上に、風無《かざなし》の出鼻。その上は砂浜。この間に低き山にすこしはげあり。そこが福良湊なり。入口に茂りたる松の林あり。出鼻、上下三つあり。その中の出鼻の内が福良なり。」

この程度の案内でよく航海したものと感心する。福浦の船宿は、清兵衛屋、輪島屋、蔵屋、油屋など二十戸はあったといわれ、それらの船宿のあるじは日和りの判断が適確だったのだろう、よく日和りを見る、と信用があった。船宿のあるじは入港の季節がくると日和山に立って船を見張った。船の帆印によって得意先を見定め、伝馬船で出迎えた。船に乗り移って水先案内をつとめたという。

船を港にとめると、船頭専用の、問屋と呼んだ船宿に船頭を案内し、他の乗組みの者はツケ船といった船宿に案内した。それらの問屋やツケ船にゲンショは出入りしてなじみの客を持った。本来問屋以外には遊女は泊らせず、若い衆は遊女屋に登楼するのが定めであった。が、ナイショモンと呼ぶ無免許の女もいて、入港シーズンはにぎわっていたのだった。

「旦過日和山　尾のない狐　わしも二三度　だまされた」

こんな唄もあるという。西廻り海運がひらかれてからは、酒田の米ばかりでなく、地元でベザイ船と呼んだ北前船が、東北からも北海道からも北の海の品々を買付けて往来した。

北海道は当時松前と呼び、津軽に近い地域しか知られていなかった。それでも風待ち港の人びとは、他の地域で暮らす者よりも早くからその風聞にふれた。港近くの村をも情報ゆたかにした。北海道のサケ・マス・ニシンを求めて能登からも漁船が出かけるようになり、それは明治以降の移住者の下地を作ることにもなった。

船乗りたちは遠くの唄を運んで来た。遊女をはじめ港の人びとに歌われつつ変型して、さまざまな民謡を残した。能登半島を中心に残っているまだら節は、海の祝い唄として歌われ、豪快であたたかな節まわしで唱和された。

福浦に江差の船唄も伝わった。それは追分唄となって地元に残った。また、出雲節が運ばれて来て、秋祭りに神輿のおたち唄として歌われるようになった。

福浦から内陸に入ったところに、農事全般にわたってすぐれた研究書を書き記した村松《むらまつ》標左衛門《ひょうざえもん》の村がある。彼の『村松家訓』に、自家で働く農夫に、よその唄を歌うな、といましめている数行がある。標左衛門は多くの奉公人を抱えた豪農で、福浦にも米を売り出したり肥料その他の取引きに来ていた。若者に米を運ばせていたから、彼らはたちまち諸方の唄も覚えたのだろう、働きつつ休みつつしきりに唄を口ずさんでいた。家訓には、大声をはり上げて屋敷内で歌うな、とか、重い病人がいる時や役人が来ている時に声をはりあげるな、とか、風呂の中で唄を歌うな、などといろいろしつけている。その中に、米つき節や臼すり唄などの仕事唄とか、地元に伝わる昔からの唄は歌ってかまわないが、他国の唄や節《ふし》はいっさい仕事中に歌ってはならない、ということばがあるのだ。そのように言わねばならぬほど、農家の若者も、福浦のゲンショが歌うはやり唄を歌ったものだろうと、ほほえましくなる。

能登の外浦といえば、昨今はまるで辺境のように思いがちだが、日和山からはろばろと日本海を眺めて地元に脈打つ声を聞いていると、つい近代の初めまでこの海を表通りとして交流していた庶民の文化の道が見えてくる。

福浦の近郊は、その当時からベザイ船の乗組員が多かった。その伝統は今もって商船、貨物船、タンカーなどの船員を多く出して視野のひろい気風を生み出している。

先年の旅の折に、日和山の端に建つ灯台に行ってみた。草をわけて崖近く行くと、明治九年に改築された四角な木造洋式の灯台があった。

これは長い歴史を持つ。日本最古のものといわれ、最初は岩の上のかがり火だった。元禄年間に石垣を築いて灯明堂となった。この灯台のあたりに港の人びとは立って、船を迎え、見送ったものだろう。

灯台からとろとろと港へ下るあたりに、遊女屋とおぼしき家の跡もあり、やはり海が眺められた。津軽へ行った時、津軽の風待ち港の古老が話すには、ベザイ船が入ればゲンショばかりか、人妻も娘も船乗りを迎えに赤い腰巻をして浜へ行ったと、自分の母たちは話していた、と語った。福浦には腰巻地蔵の伝えを持つ地蔵さんが、灯台が建つ山の南の松林に、ぽつりと建っている。かつての浮彫りの地蔵は姿もうすれて、ちいさな新地蔵がその前に赤いよだれかけをして寄りそわせてあった。

そのいわれは、なじみの客を乗せた船が沖合を通る頃、この地蔵に腰巻をかけてふたたび戻るよう祈れば、ふしぎに海は荒れて船は港に入ってくる、というのである。「泣いておどかす福良のゲンショ」と、どこか通う。この話に似通ったたとえ話は、船路に当る港の諸方に残っている。悲喜こもごものさざめきがこうした話を伝えたのだろう。港に近い金刀比羅宮に北前船の絵馬が奉納してある。船体よりも大きな堂々とした帆が弓なりに風をはらみ、波静かな港を出て行こうとしている絵馬であった。

福良から北へ向かって海岸の峠を越えると、海がほうとひろがった。岩場が続く。能登金剛である。五月、ここはさわやかな海だった。生神《うるがみ》のあたりの民家は浜風を避ける竹の間垣をめぐらしていた。垣の中に低くちいさなくぐり戸がある。竹の間垣は屋根を越すほどの高さで、垣の上方に葉群を残し、風にさやいでいた。人影はなかった。七海《しつみ》の船溜りの向こうにトンネルが見えた。

私は先年の旅をそこで打ち切り、しめ縄をかけた小島があるのを見つつ、引き返した。生神には、女神が子を産み、産湯としたと伝える産の井があるとのことで、たずねてみたいとも思ったが止した。浜風に吹かれて、倒されたように生えている松が崖をおっていたのを記憶している。

今年の冬、雪が吹きつけていた車道は、生神のあたりで波間をくぐりでもしているように、海が吹き上げるしぶきで荒れた。七海の漁船がちらと見えたきりだった。トンネルをくぐりぬけて海から離れ、稲束を干しかけるはぜが、田の中に立っているのが見えて、ようやく雪ばかりとなった。降る雪よりも潮のしぶきが激しいことを、はじめて知ったのだった。富来町のバスターミナルで佐竹さんと別かれた。ターミナルでは店先の日よけから雪どけ水がしたたたっていた。

佐竹さんの車は、また、潮しぶきへ向かって引き返していった。

民宿と書いた看板があった。バスも数台とまっていた。なだらかな坂道に木立が芽ぶいていた。みぞれの中をターミナルのそばの役場に寄ってみた。土曜日の午後のこととて人のけはいのない玄関に、五十八年二月一日現在の富来町の人口が書き出してあった。人口一三、六五三人、世帯数三、三〇八戸である。福浦も生神も七海も、そして村松標左衛門が住んでいた熊野も、桜貝で知られる増穂も、そして作家加能作次郎の生誕地の風戸《ふと》も、また昔九州の海女家族が漂着してアワビをとったと伝える千浦《ちのうら》も赤崎も、みんなこの戸数に入っていた。私はしばし漠としたひろがりに思いを馳せた。

海女の話は福岡県の玄界灘に面した漁港、玄海町鐘崎に関連した昔の話である。ここの海女は家族ともども帆船に乗って、アワビをとりに沿岸を遠くまで出かけていた。海女発生の地ともいわれている。

この海女の船がある年のこと、嵐にあって能登の千浦に漂着した。ここに掛小屋を作って漁をしていたが、やがて赤崎を経て光浦に移り、加賀藩祖によって米塩の給付を受けてアワビをとるようになった。とったアワビは藩へ納めた。のちに輪島の海岸に土地を与えられて移り、舳倉《へくら》島、七ツ島で漁を続けたという。

この伝承は鐘崎の分村が輪島にできた由来であり、輪島海士《あま》町の人びとが口承するばかりでなく、地元の住吉神社の文書や、福岡県鐘崎の寺に往事の足跡があるのだった。

海女漁の船は家族ともども春先に船出をして遠くまで出ていたから、千浦への漂着もふしぎではないほど、鐘崎の泉福寺の過去帳には遠方で果てた人の名が残っている。日本海をはじめとして諸方の海に出て夏が終れば帰って来た。

話は脇道に入るが、十余年以前のこと、私は玄界灘沿いの町の、とあるちいさな食堂で、加賀の産物を色あざやかに印刷したカレンダーがかかっているのを見た。加賀友禅、九谷焼、加賀蒔絵、輪島塗……。

なぜこの筑前の漁師町で加賀、と、奇妙に思って店の人にたずねた。のれんの向こうでことことと音を立てていた中年の女が顔を出し、うちは昔から加賀に縁のあるとですよ、と言ってにっこりした。

「毎年送ってくっとですよ、カレンダーが。うちの主人も年にいっぺんは向こうに行って、土産に九谷焼ば買うて来ますばい」

「おやまあ、ここから加賀ですか」

「昔は船で行きよったげなですが、うちの主人は新幹線に乗って行きます」

かつて海路は出雲をまわって日本海を加賀まで、漁船に限らず近々と往来していた。その面影が残っていたのだった。

鐘崎の海女たちの足跡はもっとのびのびしていて、数艘の船が一団となって沿岸の磯伝いにどこまでも行っていた。それは日本海ばかりでなく、瀬戸内海や東シナ海へも出ている形跡は深い。その中で能登半島に行っていた人びとの足跡を伝えるのは、半島の西海岸側、外浦と呼ばれるあたりである。もっとも外浦に限らず羽咋にも仮小屋を建てたというが、外浦では、福浦より北に当る千浦をはじめ、赤崎、吉浦、皆月、鵜入、光浦などと、半島の先端の磯を求めて漁をした。

鐘崎の海女漁はつい近年まで続いていた。体験者も健在だが、この頃は漁の形がかわりウェットスーツを着た男たちの仕事となっている。かつて男は船を漕ぎ、女が海にもぐるのを船で見守っていた。その漁が続いていた頃、海女家族はアワビの多い岩場を求めつつ漁をし、天日でかわかして保存し、秋風が立つとまた沿岸伝いに船をあやつって帰郷していた。明治以降ともなれば旅先でアワビは売り、現金を持ち帰っている。はるばると出ていたものだな、筵の帆で、と話を聞いて驚く。が、輪島の海女船もまた手漕ぎの船で、津軽海峡の竜飛《たっぴ》岬のあたりや太平洋岸まで海の中をのぞきに行っていた、などと知らされ、ほうと私は声もない。

＊＊＊

富来の町の中の、鳥居のそばに湖月館と看板が出ていた。玄関の硝子戸が開かれていて、壁に横川巴人《はじん》の額がかかっているのが見えた。明治時代の能登の七尾の俳人である。私はここに宿をとると、タクシーを呼んでもらった。

そして、思いちがいをしていたとも知らずに、風戸・風無へ、先年風情ぶかく見た竹の間垣が、今年も丈高く作られているだろうかと出かけて行った。間垣は生神で見たものだったのに。

なぜ私はそう思いこんだのだろう。ひょっとすれば風戸生まれの加能作次郎の作品がある風情に重なってしまったのか。

「海岸からすぐ高い崖の様になった急な傾斜面の凹みに、周囲を木立に包まれた百戸足らずの家が、まるで小石を摑んで置いた様にかたまって居た。其の上へ日光が直射して、所々の白壁などがきらきら光って居た。」

明治十八年に風戸に生まれた加能の「世の中へ」の一節である。

能登の民家の白壁は旅の者には印象深い。土の壁に、白いしっくいが滲み透っている様子が落着いて感じられる。私はそのような民家が高い間垣をめぐらしていたのを、先の旅の折に目にしていて、なつかしい人に会いにでも行くように、タクシーに乗ると、風戸・風無のあたりへ行ってみたいと思いますので、その付近まで走っていただけますか、と頼んだ。

車は砂の畠地の中を走った。

雪もちらほらとなった。

「ついさっき富来に着いたのですけど、今日は一日中ふぶいたり雪花になったりしましたね。

いつもこんなぐあいですか」

年配の運転手さんが、「そうですね、まあこんなものですよ。今年は根雪にならなかった」と言った。

砂の畠に雪はうすく積んでいた。

「この増穂浦は風の強いところですよ」

「ああ、昔、防風林で苦労した……」

「そうそう。

この頃はアスパラガスなんか作っているけど」

砂はまだ飛ぶだろうな、と、私は思った。

車は西海漁業協同組合と書いてある建物の前の広場に入って行った。

「車、止めますか」

運転手さんが言った。

やっと私は思いちがいに気がついたが、同時に、間垣の家はもうなくなったのだろうと思った。

「あの、西海《にしうみ》でなくて、風戸は？」

「風戸、風無、千浦、久喜《ひさき》を西海《さいかい》って言います。ここはその漁協です。

村、まわってみますか？」

車は坂道をのぼって行った。

細い道は、石垣を組んだ大きな家々の中を曲っている。

「大きな家ばかりですね」

「漁を長男がするでしょう、次男坊は船員になって金もうけて大きな家建てるんですよ。よその土地に出て行く人、すくないんですよね」

ゆるゆると西海の浦々をまわってくれた。

「まだ造船業もやっているのですか、このあたり。船大工はもう仕事がないって、どこもやめていますけど」

「型取るだけですよ、プラスチックの。木造船はもう作ってないですよね。

アマエビなんかとる小型漁船ですよ」

風無のゆるい坂道を下りつつアマエビ漁の話をしてくれた。餌をいれた金網の籠を海に沈めて、あの紅色をしたアマエビをとるのだそうだ。

西海漁協は所得も安定している様子で、どの浦もかなりの数の船が家々に近い船溜りでゆれていた。この浦からは、サハリン漁場を開拓し、直属の漁夫だけでも百五十人もつ大網元となった「永野さま」も出た、と、漁業一筋に生きた永野彌平《ながのやへい》の話も聞いた。

「このあたりの人を随分連れて行ったそうですよ。現場で下働きするのは、また向こうでやとったというから、たいしたものだよね」

小川彌四郎《おがわやしろう》もまた風無の出身、カムチャッカ漁場を開拓したという。

「子孫は向こうに住んで大学の先生ですよ。一緒に行った人もいくらもいますよ。向こうに村作ったって言うもの」

民家がとぎれた。

私はなお、この先の、赤崎へと案内を頼んだ。

第四章　千浦の又次　外浦・富来町赤崎

暮れてゆく富来の家並をすこし歩いた。

灯がともっている店先をスラックスの女が小走りで通る。

自転車の男がとまる。

洋品店で立話をしている人影。参考書を売っている書店。レコードが鳴っているのはパチンコ店か。

格子窓の二階屋が数軒。

近くの曲り角にはかつて検番があり、遊廓がいっぱいあった、と、町の人が言う。

「生神には金山があったんですよ、今は金が出なくて、しまえてますけど。山師の人とか掘子さんとか、遊廓に遊びに来てましたよ。

この先に風呂屋があったけど、時間になったら芸子さんが桶持って通ってましたよ。この通り、にぎやかでした」

遊廓があったという、かすかな坂になった道のその裏の、海寄りにも道が一本通ってい
て家並があり民宿などがある。

おじ町と町の人が呼ぶ家並があった。次男坊のことを、おじというそうで、以前は松林
だったのを、一人拓き二人拓き、今はすっかり住宅地になったのだった。

町の外には煙草畠がある。キャベツ畠もあった。

丘陵が山へ続き、あれは能登富士だと運転手さんに教えられた高爪山が雪化粧していた
のを思い出しつつ、小寒い道を宿へ帰った。

その夜、挨拶にみえた湖月館の夫人は、かざりけのない人だった。さらさらした髪を衿
元に束ねて、あたたかみのある自然な話しぶりをした。私が風無あたりへ行ったと話すと、
西海の漁業はながいこと貧乏に苦しんだけど、協同組合を作って基盤がしっかりして、そ
れに、とても立派な組合長さんが指導されてすっかり生活が安定した、と語った。

「ほんとにいい組合長さんやわ、人格者で。ようお世話なさって」

その語り口のやさしさに、私はここに宿をとったことをしあわせに思い、かつて能登に
来て羽咋や福浦を歩いた話などした。夫人は三十代にみえた。

「今朝かぶらずしの漬け方を教えていただきました。こうじを使うのですね。こちらは寒
いからあのままで悪くならないのね。季候によくあった漬け方に感心したんですよ。商品

にするのは無理なところがいいわね」

私は言った。

夫人が、

「かぶらずしは金沢の料理やわ。うちら作らんの。ぜいたくな料理やわ」

とかすかに首をかしげて答えた。

「金沢のものだろうな、と思ってました。昔は金沢でも誰もが作ったわけではないでしょうね」

「そうやわ、きっと。お正月とかだけでしょう。

うちらお雑煮はささがき人参やわ。おいしいですよ。コブだしで。ささがき人参たくさんいれます。醬油味にしていろりにかけるの」

「ああ、いろりに。あったかいでしょうねえ」

「お餅、一人に五つも六つもいれてえ、人数分みんな一緒にいれて、ぐつぐついろりで煮て食べるんやわ」

「ああおいしそう。

煮てお餅がとけませんか」

「いいえ。あたたまってとってもおいしいんやわ、ふうふういってみんなで……」

夫人はコブやゴマ・マメなどをいれて作るかき餅の話もした。

私は日暮れ前にタクシーの足をのばして西海地区のその向こうの赤崎へ行き、ここの数十軒の家々が西の海に向かって一列に、まるで話し合ってでもいるように海側に全く戸口のない家を並べていたことを告げた。

「それがずらっと並んでどこも入口がないのね。どこから入るのかなあと思ったの。運転手さんがそこはみんな作業場ですって言うのね。大きな二階建くらいの作業場があってその横に細道があって、細道を入っていくと、作業場の裏に大きな家が建っているんですよね。そんな家が続いていて見事でした。白い壁とまっくろな屋根瓦と。赤崎は美しい所ですね」

「赤崎へ行かれた方はどなたもあそこはいいなあって言うんやわ。田中先生の『加賀能登の家』にもあそこの写真出てたんとちがうやろか」

夫人は赤崎のその先の鹿頭《しし》《ず》などを含めて西浦といって、昔から教育熱心な気風のある所だと言った。先生になる人が多いとのこと。また船員家族が多くて外国航路に乗って海外へ出て行く。

「赤崎にもう一度行きたいなあ」

私はつぶやいた。

作業場と住いの、その横の細道は坂になっていた。坂道を登ると木立の中に墓地があった。墓地の向こう側は丘陵が拓かれて畠であった。畠は山に続いていた。

見下ろすと光った能登瓦の屋根々々が大ぶりの切妻の屋根を寄りそわせて、みんなで西風を防ぎつつ、がっしりと暮らしているかに見えた。その先に灰色の海が波を盛りあげていた。

屋根の色と海の色のほかには、まるで木立もみえないその集落が、道一本へだてて海と相対している。赤崎の先には、海に迫る山が見えるだけでしんとしていた。

荒れた日のせいか、人が通っていなかった。タクシーに戻ると運転手さんが、跡取りが船員だと家が絶えないからどこの家もしっかかしている、と言った。私は、どういうことですか、とたずねた。

「会社勤めは女房子どもを連れてよそへ出るから、家は絶えるね。けど、長男が船員だと家は絶えんね。女房が守って大きな家を建てているよ。兄貴が跡取りで、また次男坊も船員になるし」

そう言った。

「ああ、船員は女房子どもを連れて行かないから……」

「そう。跡取りが船員だと家は絶えんね」

「そう言えばそうですわね、あの仕事は」

私は知人を思い出した。外国航路に乗っていた。子どもたちは妻の手で成人し、家の新築も航海中に終っていた。

「船員も下っぱのほうは現地でやとうんですよ。安い給料で。フィリッピンとかマレーシアとかでね。日本人船員は高給取りですよ。けどね、あまり賃上げ賃上げて言うと自分で自分のくび締めるね。商船会社が現地人の安い労働者使うからねえ。ここもこの頃は昔のように景気よくないて言ってるよ。現地採用がふえてるんですよ。

そろそろここも陸《おか》勤めが多くなってる……」

帰りは丘陵の中を走ってくれた。赤松がまばらに生えていた。煙草畠があった。農家が散在する酒見を通った。ここは海風がとどかぬためか、川辺にも雪が積もっていた。

なんということもない海辺だが、私はもう一度、赤崎へ行きたいと思った。誰かと立話がしたい。あの家々で生きて来た人と。

昔、九州鐘崎の海女家族がその海辺に仮小屋を建てていた話など、そこでは誰も知らないだろう。そしてまた、なんの伝承も残すことなく、そこに寄った人もいたことだろう。近くの千浦には、巡礼の親子がやって来て、母親が亡くなったという昔の資料がある、と、これは先年、海運史の研究家で七尾農業高校長の清水隆久先生からうかがった。

私は簡潔な美くしさをみせていた赤崎で、子どもでもいい、お年寄りでもいい、誰かに会いたかったのだ。ただそれだけでよかった。枯草が吹きちぎれ飛ぶ浜で、漁具の小屋もしっかり戸がしまっていた。家々の作業場も、もちろん人影がなかった。玄関のベルを押すのはあまりに無礼だった。

食後のコーヒーをごちそうになりながら、私は湖月館の夫人にたずねてみた。

「明日、赤崎にもう一度行ってから輪島に行きたいと思いますけど、立寄らせていただいてもお邪魔でないお宅はありませんかしら。雑談でもできればそれでいいのですけれど」

「どこでも喜びますがに」と夫人は言って、電話してみましょうと立ち上った。

やがて樺色の本を手に戻って来て、「どうぞ、いつでもよろしい時に、とお言いでした」と言った。

「この版画を指導された先生ですがに。本多先生いうて。おとうさんも校長先生をしておいででした。時々うちにもお寄りいただきますけど、そりゃお人柄の……

ずっと赤崎にお住いのお宅ですから。

この版画、千浦の又次って民話です。ご存じでしょうか。赤崎のそばの、千浦……小学生が彫ったんやて。本多先生が、ほら、こんなに指導なさったんやわ」

私はそれを手にした。

大きな目の、昔の村びとが二人、両手をひらいて何やらしきりに話している子どもの版画が、表紙に刷ってあった。村びとの肩には、つぎまで当っている。ほほかむりをし、ひげ面だった。『民話版画 又次』とタイトルがついている。

画集には『落したほうちょう』というのもある。

「舟が港につくと、何を思ったか又次は、すぐにはだかになって舟のそばにもぐりはじめた。

もぐってはあがり、もぐってはあがりして、『おかしいなあ』というように頭をかしげていたそうです。

又次が舟の下をもぐっているのを見た太郎兵衛が、

『又次、何しとるげ。そんなところに何かとれるか』

と言うと、

『わしゃ沖で、ほうちょうを落したもんで、それをさがしとるのや』

と言うので、あきれて、

『沖で落したほうちょうが、こんないそにあるわけないやないか』

と言うと、

『そんでも、ちゃんと舟のここに、落した時しっかり印してきた、間違いなくここから落したことがわかっとるのや』

と言って、又、もぐっていたそうです」

この小話は二枚の版画になって、五年生の二人の男の子が製作していた。一枚は波紋ただよう海面に、にゅっと突き出ている二本の足。足指ひろげたそばにゆらゆら小舟が描いてある。

もう一枚は裸の又次がチョンマゲ姿で、舟端を太い指先でさししめしている。海面の下にちらちらする短い胴と足。

よく知っている海の様子と、想像しておもしろがっている昔とが、どの絵にものびのびと表現されていた。

私が何げなく泊まった建部神社の参道沿いの湖月館は、俳人畑中湖月が創《はじ》めた宿とのことで、今はその孫世代が経営し、幸子夫人は実家も近いのであった。玄関の横川巴人の額もそのゆかりと思われた。多くの交友録には、正岡子規や巌谷小波の名もあった。湖月の句碑は能登金剛の海辺に建っていた。

湖月氏の子息もまた文学を好んだ様子で、大学時代に書いた短篇や、同人間の回覧誌その他が保存してあった。ほかにも富来町に関連した出版物が集めてあった。市史をはじめとして、新聞の切り抜きまでスクラップしてある。地元の作家加能作次郎の著作は今は手に入りにくいものだが、それもそろえてあった。

私はいくつかの資料を借用して、夜ふけるのを忘れて目を通しつつ、この町の熊野地区にかつて農学・本草学はもとよりのこと、医学、文学、歴史、宗教等々と幅広い学識を持った標左衛門が生まれたことを、また、思い出していた。暮らしのひとこまひとこまに心ある視線が注がれている、と感じさせられるのは快いのである。

雪はやんだようだった。

明くる朝、食事の時に幸子さんが、のりをストーヴであぶりながら、「今年はのりがあまりようないんやわあ」と言った。

「ここの海ののりですか」

「さとの母が巌門のほうにとりに行ったのやけど、あそこも今年はようないって。毎年ようけとれるんやけど」

「これ、岩のりでしょう？

ご自分でおとりになったのですか、おかあさん」

「好きで好きでしょうないんやわ。じっとしておれんのや、あの人」

幸子さんが笑った。

黒い、つやのあるのりだった。

「雪降っても行くのやもん。ほんとに働きものの母で、じっとしているのきらいなんでしょう。このきものも母が縫ってくれたんやわ」

幸子さんが微笑して膝のあたりをさすった。おかあさんに会いたい、と思った。

タクシーが来て、昨日通った道をまた赤崎へ行った。

本多先生のお宅で、本多先生とご両親が、よくまあ、と、いろりへ招じいれてくださった。ずっと以前から知っている者のように。

赤崎の家並に心ひかれた話をする。

ここは一度火事で焼けまして、と、ご両親が話された。四十数年前の三月というから、風は春一番だろうか。おかあさんが、四十四年前の三月十二日でしたよ、と、言われた。十八軒燃えた。幾度か寄り合いをしたそうだ。海風を防いで、そして燃えにくい瓦屋根の家を、と、いうことになり、協力してこの家並ができたとのこと。

船員が大半の家庭なので、消防も女たちの役だった。磯の漁も、裏山の畠も、子どものしつけも女たちの仕事だった。年配の男や船員以外の男性はいるのだが、家を守り、村を守る主力は女たちの積極的な働きだった。何しろ百数十戸の集落の八割は船員家族なのだから。

現在は車道になっている海沿いの道も、以前は細い磯の道だった。冬は波しぶきが降りかかる。作業場や、土蔵造りの納屋などで吹きつける風をさえぎるようになって、住み心地がよくなった。火事で焼けなかった家も次第に同じ様式となったという。

ゆったりとした廻り廊下から庭の池が見えた。

「ここに住んでいると食べるだけは海と山でとれるもので十分だなあって、よく笑うんですよ。魚も貝も海草もとってくるし、山菜もきのこも松茸もとれるし。のんきですよ」

「松茸までとれますか」

「ええ、その裏山で。売りに出すほどのことはありませんけど」

「いいですねえ」

「のんきです、食べるだけはとってくれればありますから。でものんびりしていて競争には弱いんじゃないかな」

　先生が笑っていた。

「魚はいつも活きものを食べています。松が下タラといって西海のタラは荒海にもまれていておいしいんですよ。冬の日本海ではどこでもとれますけど」

　おかあさんが海からあがったばかりの魚の話をされた。アンコウ鍋の話も。その肉ばかりでなく、背皮の黒、腹皮の白、腸、卵巣、肝臓、ヒレもアンコウは珍味なので、女たちはそれら七種を自分でさばく。アマエビもカニも沖合でとれる。貝やワカメもひろう。ニシン、イワシを小糠とともに塩漬けにして、魚も食べるし、にじみ出た汁も使う。イカや魚からしみ出た汁をイシリという。夏はイシリでなすびを漬ける。ベンなすびといって味がいい。

「ニシン漬けをベン漬けといいます。北海道で覚えたのかもしれませんね。昔、北海道まで船が通っていましたから。大根の貝やきもこのあたりの料理で、おいしいですね。大根をホタテ貝の大きな殻の中で、フグの子の塩漬けや小糠いわしとかのイシリでたいたものですけど。ホタテ貝も北海道から持って来たものです」

座敷には北海道の熊の毛皮が敷いてある。北海道は近いのだ。

千浦の又次の話を聞いた。版画の話も。

この又次を、子どもたちは版画に描いてたのしんだばかりでなく、児童劇にして地元の人びとに演じてみせたのだった。

それぞれの場で庶民が伝えた文化を噛みしめている人に出会うのはたのしい。本多先生にもさまざまな仲間がおられるのだろう、アトリエには船員の航路を思わせるような世界各地の仮面や、自作の面、製作中の油絵が、次作の児童劇の脚本とともに部屋いっぱいに雪もようの光を受けていた。

第五章　栗ひろい　外浦・富来町富来

宿に戻ると、幸子さんのおかあさんがにこにこして、まんじゅうもろうたからおあがり、と言った。近くの実家からやって来て、ほんとうに私を待っていてくださったのだった。岩のりとりや栗ひろいが大好きでじっとしておれん、という浜谷シノさんである。私は大喜びした。

「今朝ごちそうになった岩のり、おかあさんがとってくださったのですって？」

「みんなが、あぶねあぶねって言うけど、たのしみでおられんとやね。あぶねとこ、行かんもの」

「ほんとに、やっぱり、ご自分でおとりになるのですねえ、あたし、お若い時のことかなあと思ったんです」

私はものの本で、岩のりとりはいのちがけの作業である、と書いてあるのを幾冊か読んでいた。

「今朝も行ったわね。今日行ったんは生神の先。ついとらんわね、今年は」

「今朝も？」

幸子さんが、くすっと笑った。シノさんが、

「巌門のとこでとるの、ふだんは。のりとりは怖ろしいとこよ。手で持つとこない岩を上って行くの。波があるわね。あたしは身軽やし。おもしろいわね。藁沓はいて」

と言う。

「藁沓？」

「長沓はいて、上から藁沓はかせてとるわね。ワカメとる時は、わらじだけ。ワカメの頃は海の水がぬくいさけ」

やっぱりいのちがけだ、と私は思い、巌門という能登金剛の名所を思いうかべる。白波が渦巻いている。

シノさんが巌門のほうに行けばいいのがあるけど、最近は向こうの人たちが「あんたらこっちになんしに来るかね」と言うので、それがいやで行かんようにしている、でもあそこも今年はよくない、と言った。岩にくっついているのりを掻きとって、よく洗って、塩出しして、それを四角なのり用の簀の子に張りつけて天日で乾燥させる。生のまま汁に浮かせてもおいしい。

シノさんは明治四十一年五月生まれ、今年七十五歳になる。

小柄で始終にこにこしていてくったくがない。のっけから結婚当時の話をして、「顔見たこともないのに、いやでいやで」と東京の風呂屋で働いていたご主人との見合いの日を語って笑わせた。その頃富来から幾人もの人が東京の銭湯に出稼ぎに出ていたという。シノさんも染物工場に働きに出ていて銭湯のあるじの世話で結婚し、やがて銭湯ののれんわけの形で資金を借りて富来町で開業。資金返済のために、しばらく夫は東京の湯屋に働きに行った。シノさんもせっせと働いた。子どもたちが成人して閉業。夫も亡くなり息子一家と暮らしている。今はのんびりした隠居の身だが、畠や海辺に出て気ままに仕事をする。

「商売しながら、子ども育てながら、いろいろしたわね。蚕もしたし。

冬になればね、このへんは雪が降れば自動車かよわんから郵送もしたよ。郵便をね、かついで三明まで行くの。三明から羽咋まで汽車があるやろ。その三明まで山伝いに郵便をかついで行くの。戻りにまたかついで来るわね。

昔の道は、うんと坂道で狭いとこやったわ。一人歩けばだあれも横歩かれん。郵送は七人か八人で午前と午後行ったわ。雪降るわね、前の人が足跡つけたあとつたって、一里半かね、二里か……自動車がかよわんから郵便かろうて持って行くの」

そばで幸子さんが、ようしてくれたわ、いそがしいのにあたしら汚れたもんやら着せられたことない、と言った。

「わたしら若い時は戦争中やろ、男の人おらんやろ、戦争行って。この子ちいさい時分は負うて祭りにキリコかついだんよ。女の人でもジャンジャン叩いたり、たのしかったわね。娘時分は、あの頃は同級生も東京へ行ったわ、湯屋に奉公行くの。男の人は釜たいたりとか、三助したりとか。女の人は着物着せたりィ」

「栗ひろいにも行かれたんですって？　このあたりの山、栗があります？」

「あったわいね、なんぼでも。たのしみだね。若い頃は四時起きて行ったわいね」

「え！　四時！　なぜまた」

　私はたまげた。シノさんも笑った。

「なして、あんた、たのしみで寝ておられんわね。友だち四ったりくらいで、おにぎり嚙み嚙み行くわ。この子に牛乳のむようにしつけて置いて出たわ」

　私たちは笑ってしまった。

「そして山の入口で夜明けを待つんやわ」

「夜明けをですか」

「栗ひろいは九月の二十日過ぎじゃわ。その頃の夜明けは六時をすこし過ぎるわね。夜明け待たな、暗ろうて入られんわね」

「そんな……明かるくなって行けばいいのに」

「人にとられるわね」

幸子さんも噴き出した。

「はよ、ひろいとうて、どんなやんちゃな坂も登ったわ。

どこ行くかわからんさけ、迷い子にならんがに友だちの名呼ぼって歩くわね。日に一斗ひろた。袋かついで一日中呼ぼってひろうの。

それ持って帰って塩水につけて、あしたん朝、まあた四時起きて行くの」

「あしたまたですか」

「毎日行くわね」

「はあ。ははあ、毎日ね」

「一週間くらい続くのやわ。栗、無いよになったら終り。

あんまり大勢で行ったらいかんな。とられてしもうて、ひろわれんな。

あたしは、こけは好かんの。みみとりが好き言う人も居るけんど」

こけもみみもきのこのことだろうと思いつつ聞いた。

シノさんは日記をつけてるからどのくらいひろったかわかる、と言った。

「日記ですか」

思わず顔をみた。にこにこしていた。

中学生用のノートに、一日一行か二行、「田んぼのヘイ取った。まだ、もち米取らない。みずなもたまねぎもまいた」などと書いてある。私は感動した。栗ひろいも、岩のりとりも書いてある。

十二月十二日。初めて、のり、五わ取った。

と、その年ののりとりが書かれる。そしてのりとりはかなりのあいだ続く。日記は作業日記とも遊び日記ともいえそうな、自分の仕事の中の大切なことだけが書かれているのだった。

岩のりは十二月から二月の終り頃までのようだ。

ある年の岩のりの季節の日記は次のように記録してある。

十二月十四日。五わ取る。

十八日。五わ。

十九日。巌門に行ったけれど、なかった。やっと、一わ半取って、いしなご取って来た。午前中だけ。

二十八日。五わ程とる。

三十一日。三わ、のり取り。

一月二日。十一わ取った。

五日。六わ。

七日。十五わ取った。

二十一日。巌門に行ったが、波があって駄目やった。取ったのり、取られてしもた。それから風引いてねた。

二十九日。午前中だけしか取れなんだ。五、六わ取って来た。

（二十八日はもちつきで、旧正月用なのだろう、のしもち十二うす。かきもち三うす。畑中八升。新宅一斗ついた、とある。夏のあいだ自分で育てた田でとれたもの）

こんなふうに正月二日も海へ出ていた。

そして毎年行っている。仲良しと二人っきりで、ゆったりととったり、「誰もおらんで、じんのびして取った」り、「あのババとけんかして取った。のりよこせと言うたが、やらなんだ。やっと二わ」などと愉快な筆さばきもある。

年によっては「今年はのりはなんも出来ん。十二月二十日頃に六わ程取ったがそれきり取れん。正月食べるだけしかない」ということもある。そしてこののり、きれいに干して、神戸や東京その他の親戚に送られていた。

外浦の中でも、特に能登金剛はのりがよく岩につくらしい。荒天が十日も続くと長く成長している。が、そのような日は波が大きい。シノさんはよほど身軽で足腰が強いのだろう、「大きい波やったが、九十七枚取って来た」とある。のりとりも組合に加入しなければならない。加入者たちの中で、いい岩場はもめるのか、「巌門に行ったが、雪が降って半日で帰った。どこのやつやら、おこっていた」と、だんだんのりとりもしにくくなっている。

栗ひろいはイカ釣りと同時のようだ。九月に入ると次のような記録がある。

二十七日。熊野の方へ栗ひろいに飛客と二人で行って四升ひろった。夜、イカつりに行って、エサとられてもどった。

二十九日。熊野へ栗ひろい。五升五合。ブリの一本釣り。

三十日。イネいれて落とした。小さいカマスに六ぱい。大きいがに一ぱいとすこし。モチ米小さいのに三ばい。

十月一日。広地栗ひろい。カレイ四〇〇匁。ブリの子大きいが、一本釣った。

二日。坂口さんに連れてもろて、栗ひろいに行った。が、なかった。ののびき取って来た。そして栗一升とののびきともらって来た。あんなやだくさい所、初めてやった。

四日。熊野へ行って、四升五合ひろた。

六日。熊野へ一人で、八升ひろた。

九日。熊野へ行ったが、もうなかった。四升ひろい。

十三日。熊野へ行って四升五合ひろた。もう終り。

私はシノさんから、冬の岩のりとり、春のワラビとり、ワカメとり、モズクとり、秋の栗ひろい、きのことりなどの話を聞きつつ、それら植物や海草がどれも干したり塩漬けにしたりして保存がきくことに気がついた。というのも、私は春になると毎年つくしつみをたのしみにしているので、シノさんに、つくしつみは？　とたずねたのだった。

「つくし？　それ、どうして食べるん？　ここらへん、食べん。つくしはいっぱいあるわ」

私はつくしつみを得意げに話した。その料理も。そして話しつつ、つくしはみずみずしいうちに卵とじなどで食べてしまうことに、あらためて心づいた。そのような野草は興味が注がれなかったのだろうか、東北の旅の時にも、つくしは食べない、と、女たちが言った。そしてふきのとうがどっさり塩漬けにしてあった。

シノさんは栗を塩につけたあと、天日で乾かし、かち栗として保存する。そして折々に食べるが、特にお七昼夜《しちや》さまには欠かせない。お七昼夜さまとは真宗開山の親鸞上人の祥月命日を記念する法会で、十一月二十八日の前の七日間寺々で大法会が営まれる。

「お七昼夜さまが来ると、子どもは必ずその栗を首にかけてお寺に行くの。栗いって、いりたての柔らかい時に針で木綿糸に通して首にかけるように作るの。子どもはお寺に行ってそれ食べ食べ遊ぶのやわ。お寺が栗の皮で歩かれんほどや。

今そんな子、おらんわねえ」

シノさんは海の話もした。

「六月からは四時に起きて、トビウオとりに行くの。たのしみでたのしみでおられんのやわ、はははは」

「また四時ですかあ」

「六月は夜の明けるのは四時頃や。明こうなっとるよ」

「はあ。ほんとに好きですねえ」

「前の日に網かけるの。舟がだんだん近こうなる。きらきら魚が光るわね。たまらんわね。どんだけかかっとるじゃやら、と思って。その網に。

トビウオはね、子産みに沖から岸に来るの。海の中におもりつけて張っとくの、網は。ぴちぴちするのがかかっとるわね。お刺身にしておいしいよ」

六月六日。アゴあみいれ。（アゴとはトビウオのこと。九州でもアゴと言う）

七日。三十五本。

八日。たんぼのコロガシかけ。（コロガシとは何か、聞き洩らした。十日までそれにかかっている）

九日。アゴ三十五本。

十日。四十一本。

十四日。三十五本。

十五日。四十二本。芋のこやしやった。西ウリ（スイカ？）はおもわしくなくて、六月十一日に又種入れした。ボーナス三千円もらって、うれしかった。（子息が家業の印刷業をしている。おばあちゃんへの心遣いなのでしょう）

二十三日。アゴ六十本取れた。

「たのしみでおられんけど、とっても食べられんわね。毎日とったら食べとうないようになる。隣あげたり、近所あげたりして、あとはうちで蒸してね、カツオにするの。ダシに。料理に一番おいしいわ。一年のあいだ、それでダシとるの」

「アゴダシを一年中？　博多はお正月のお雑煮のダシをアゴダシにするっていいますよ。もったいない」

「そやかて、開いて干したり焼いたり、食べたくないよになるわね。醬油と砂糖つけて干したり……

　とらなんだらいいけど、やめられんわね。

夏になったら、いしだみちゅうとがあるのや。こんなふうに丸い。針で出して食べる。肝臓の薬さけえ、このへんの海端の人はみんな長生きしとるよ。

九月になったら、イカや。稲刈りして」

九月十八日。今年初めてのイカツリした。二十五ばかり釣った。

十九日。高田の大根（大根畠の地名）一本立ちにして、こやしやった。午後区長さんと赤松みみ（きのこ）取りに行ったがなかった。やっと、一ぺん食べるだけ取って来た。イカ三十八釣った。

「釣り好きや。以前は舟持って釣りするの、うちのおじじと大森さんくらいやったな。今は川にいっぱい浮かんでるけど」

シノさんの日記には心打たれた。

一行にこもっている気魄がさわやかだった。稲刈りも仲良しのおばばと二人で協力している。畠から帰宅して、一行を書く心根が、身にしみる。その生活への愛情が。毎日々々からだと心が働いている。私もこんなふうにおばあさんになりたい。

九月十七日。台風。

十八日。朝バケツいっぱい貝ひろた。

十月十八日。笹川のおかか死んで淋みしなった。

三十日。須摩あぢちのおばあさんも死んで淋みしなった。

——でも、やっぱり、一人で栗ひろいに行っている。三升程。

第六章　アワビ　奥能登・輪島市

冬の奥能登の旅は、あなたまかせのゆったりした気分でいるがいいと、バスの時刻表を見て思う。富来町から輪島市へ向かうには、外浦線で門前町まで行き、ここで乗りかえて、山越えで輪島に入る。門前まで一時間十五分、門前から輪島まで五十分である。が、連絡は都合がいいわけではないし、門前で最終のバスに間に合えばいいことにしようと私は思った。

それでも門前発の終バスは午後五時頃で、ぐずぐずもできず荷をまとめていると、幸子さんが部屋に来て、車の都合がついたので門前町まで送りましょうと言われた。とんでもありません。ほんとうにとんでもないことだった。近郊の客ならともかく、いつまた来れるものやら、ご家族の用もおありのことだし。

「でも、あたしも富来を出ることってないんやし、門前も行ってみたいからちょうどいいんやわ」

幸子さんがおくれ毛をかき上げながら言った。その表情をみて、ふっと、一期一会ということばを思い出させられる。心準備もなく宿をとり、発つ時、がさつな旅を悔いてしまう。運転は知り合いの方とのことだった。

途中、風吹きつける突端の、関野鼻に寄って海を見下ろす。断崖である。海辺を走る。小集落が点在する。間垣の家もある。

黒島《くるしま》港、南黒島。かつての天領は落着いた村づくりであり、ここから川沿いに内陸へ入る。田畠がやや広くなる。

門前町の総持寺の前を通り、バスターミナルで別かれた。幸子さんの車は、すぐに、まっすぐ帰路についた。輪島行きのバスに小学生の女の子が二人乗っていた。

バスは雪の山道に入った。

能登の外浦は虚飾の通用しないところである。

バスは雪の山道を、ゆっくりゆっくり曲りくねって行く。

とある曲がり道で、女の子が降りた。

山は斜面になっていた。

雪が木立にも屋根にも山肌にも積もっていて、二軒の家しか見えなかった。

＊＊＊

バスを降りると輪島の町の宵風が身にしみた。

駅前の商店に灯が明かるい。

道路には積みあげられた雪がある。

「どかっと来ましたよ。この道なんか雪を捨てに行くトラックが間に合わなくて。今はあれだけになったけど、ずいぶん積もりましたよ」

町の人がそう言った。

私は二度目の旅の駅前を眺める。

五月に来た時は国鉄で半島の内浦を通って山へ入り、アスナロの林に降る雨を見つつこの駅に着いた。列車からは行商の荷を負った女たちが幾人も降りて、駅前でリヤカーやライトバンに荷を積みこんだ。内浦のちいさな駅から乗り、仲間たちといきおいのいい会話をしていた女たちだった。荷を積むと散って行った。得意先を毎日まわって魚や海草や、たのまれて買って来た品々を持って行くのだ、とのことだった。

この日夕暮れの中で駅は静かであった。

アスナロの林に降っていた雨は、冬は雪となってあの山を色どったろう。あの時は五月も下旬というのに山の中には八重桜が咲いて、花びらがしめった土に散り敷いていた。しょうぶの葉群がすこし伸びて杉やアスナロの高く茂る山あいの雨に濡れていた。

能登市《いち》ノ瀬《せ》という無人駅が杉山にかこまれて、ざんぶりと雨の中に見えたのが印象に残っている。駅の板戸も硝子も磨きあげられていた。杉林かアスナロ林かくろぐろと影を作り、下草のふきの葉が大きかった。線路のすぐ際まで、山の草木が茂ってまるで人家は見えないのである。こうした山あいの村から、輪島へ、朝市の品など求めに、かつて人びとは山を降りたものだろうかと思った。それとも行商の女たちが、山あいにも得意先を持って歩いていたのか。

輪島の町の中もすこしずつ変って来ているのだろう。かつて歩いた日は、戸を閉ざして客を待つともみえず暮らしているかにみえた風情が、かなり崩れている。店のつくりが客向けになった。

「朝市の様子がすっかり変りましたからねえ。観光客向けになったんですよ。それにひかれて商店もですね、だんだんとね。

昔は観光の人なんて、輪島にはいませんでしたよ。輪島塗の店だって、店張ってありますけど、中は仕事場でした。店の中に客が入るってことはありませんでした」

五十代の女性の、どこか無念そうな話だった。

私は寒い町を、背を丸める心地で宿へ入った。

一夜明けるとぴかぴかの春空になった。

「こんなこと、めったにないね」

まだ人通りのない町を行くと、老女が細道から出て来て、まぶしげに空を仰いで言う。

「海はたしか、その先でしたね」

「浜かね。砂浜の、美しかったですよ、昔は。すぐそこ。

イワシの時期はあたしら、はずしこしてね。誰も彼も町の者みんな出て、はずしこしたよ。男も女も、子どもも。

浜に漁師がイワシ網を引いてくるでしょう、年寄りだって、はずしこしたわね。網からイワシはずすの。むずかしいことないから、はずしこには輪島崎からも河井町からもどこからも出たねえ。

朝ご飯前には終るもの。はずしこはお金もらって、食べられんくらいイワシもらって帰るわね。それ干してね……糠漬けしたり。

今の漁港のほうも、きれいな砂浜だったですよ。あそこに橋見えるでしょう。あの川の川口は河井のほうにずっと砂浜だったから、よかったわね」

風は冷たいが、太陽がぴかぴかである。

「こんな天気、めずらしいわ」

私は先年の旅の時、この町の重蔵神社《じゅうぞう》を訪ねた。河井町の家並の中に大きな松が茂っている社だった。神主の能門政利さんにお目にかかって、この社に伝わる女神のお産の話についてたずねた。

その伝承は、海の彼方から河井の浜に女神が蛇の姿となって渡り、浜辺で出産した、というものであった。その伝承にもとづいて、八月二十三日の祭りの夜、御輿が多くのキリコを従えて輪島川の川尻の仮屋に渡り、海の彼方の女神によく見えるよう、浜辺に高々と柱松明を燃やす神事が行われるという。それはやはり海を渡って寄り来る神の話だった。日本海の波が打ち寄せる砂浜は、さぞはるばるとしていたことだろう。私はその浜の沖合に、舳倉島があることが、女神の伝承に深くかかわっている思いがしていた。というのも、沖合の無人島を女神がすむ島と伝える所は折々にあるからだった。福岡県の宗像《むなかた》神社の沖ノ島の女神も諸方に祀られて、淡島さまなどともいう。能門さんは丁重に招じいれて話をしてくださった。

その八月の神事は地元の旧家が主体となっているとのことだった。こまかな話をうかがいながら、重蔵神社の建立以前から、原信仰めいた姿で人びとの暮らしに伝承と神まつりとが生きていたことを知った。

その折にも、河井の砂浜の話が出て、いかにも夏の夜女神が泳ぎ寄るにふさわしい所であったと思わせられたのだった。能門さんは、ここの伝えはやはり宗像信仰の系統と思います、この重蔵神社も訓読みでは、へくらですし、宗像の沖ノ島のように、ここでもあの島をかつて拝んだものでしょうと話された。

あわただしい訪問だったが、海の神が浜に寄り来て産をするという記紀にもある古代神話が、ここでは素朴な民間神事として生きていることを知って心慰んだ。その神話が後代の多くの神学者の論理の中で、浜辺の暮らしから離れたものとなっていたのが、戦時下の神国体験者としていかにも不審だったからである。わけても、出産が、けがれの意識でとらえられていて、戦後もなお、産のけがれを云々する人びとがすくなくなかったことは、私には、祭政一致体制と無縁には考えられないことだった。

困った神の観念が生き続けるものだと、その体系のかげに見えなくなった庶民のいきいきとした姿が知りたくて、去る五月の旅の時、ここへ来たのだった。その旅は日本海沿いに津軽まで続けて、『海路残照』(朝日新聞社刊)にまとめた。私はつたない本を能門神官にも送らせていただき、ぶしつけな訪問のおわびとしたのだった。

「はずしこは漁師さんと契約してないと出ていけませんか」

「なんがね、行きたいもんは誰でもええわね。手が足らんさけ。

あの頃は輪島から、なんぼでもイワシ列車が走ったわ。どんどん出て行ったんですよ、ここの駅からね。

駅のできたとは四十年ぐらい前かねえ」

「イワシはもう来ませんか」

「この浜には来ん。

この頃、また、どこか沖に来とるとか聞いたわ。跳ねよったがねえ」

橋を渡って見覚えのある川岸を海士町の漁協へ行った。以前と同じように大勢の女たちが魚をせり落としていた。リヤカーに乗せて町をまわる人や、朝市に店を出す人びとである。


海士町の漁船は沖合三、四時間の海上へ出漁中で、まだ帰港していない船が多かった。女たちがせり落としている品は近海のものから冷凍ものまでまじっていた。広い漁港のいけすに、なまこがたくさんいれてあった。

海士町の人びとは先にふれたように、福岡県の鐘崎を祖先の地とするという伝承を持っている。それも四百年も昔のことになるのだが、近年ここから鐘崎の漁協に祖地訪問という形で代表者がやって来る。福岡県の地元ではニュースでもとりあげる。鐘崎は北部九州一の漁港である。輪島海士町の漁港も、防波堤も整い、漁協の組織も固まり、かつては潜水漁でアワビをとるのを主としていたが、今は、刺網、一本釣り、底引き、巻網が中心になった。

かつて海士町からは総出で舳倉島に渡って漁をしていた。女たちが海にもぐり、男は海上で船を漕ぎ、竹ざおをさしいれて海女の浮上を助けた。鐘崎の海女漁も同じであった。家を空家にして、ドンザ帆の船で無人島に渡ったり、人家の点在する島や浜辺に仮小屋を建てて夏のあいだ漁をした。

「舳倉の祭りはほんとうによかった。御輿かついで島をまわったなあ。出宮、入宮の時、御輿が海に入るんですよ。

夕暮れの海がきれいでね。ずっと水平線まで島ひとつない。夕陽がきらきら、きらきら、波に光るんですよね。御輿が海に入ったり出たりしている時……なんとも言えんやったなあ」

かつて漁協の青年が、少年期の追憶を語った。

今は舳倉島までエンジン付きの漁船も連絡船も往来する。総出の島渡りはなくなって、祭りも海士町でするようになって、すっかり気分が出なくなったと嘆いた。

港で海を眺めていた年配の人としばし立話をする。自分の息子も去年鐘崎まで行ってすっかりごちそうになった、と言った。今はイワシ漁に京都の沖合のほうに出ていて、三月まで向こうで売上げて帰ってくる。イワシの刺網には五島列島のほうまで行く船もある。サバ漁も海上どこまでも出かけて、青森県の八戸あたりにも行ったことがある、と、海一筋に生きて来た人らしく遠い目をして話す。

「船員さんになる若い人はいませんか」

「船員は福浦です、ここは居らんね。漁業権があるから」

「朝市に出る方もいらっしゃいますか」

「朝市は輪島崎のもんが行くよ。海士町からは朝市は行かんね。何人かは出とるけど」

海にもぐることをしなくなった女たちは、夫と漁船に乗って漁に出るようになった。女は船には乗せん、というタブーが漁民には今なお続いている地方が多いが、海女漁をしていた村は昔からそのタブーは強くない。

海士町を歩く。

家々の玄関の硝子戸の上に、やっぱりしめ縄がさげてあった。清めの風習である。

「漁師は信心深いですよ。舟板一枚下は地獄だから」

そう言ったのは、北海道江差の漁師だった。大きな神棚にしめ縄が張ってあって、金比羅さまのお札が祀ってあった。ここの海士町では戸口にしめ縄をさげて家庭の神棚には産《うぶ》土《すな》さまを祀る。

海士町の産土神社について、一九七五年の「奥能登外浦民俗資料緊急調査報告書」の「海士町・舳倉島」には、寛文十一年に事代主命を祀って漁業の繁栄を祈ったと「舳倉島旧記之写」にあるから、生業の守護神とする事代主命を祀って恵比須社と称したのだ、とある。

が、ここはまた舳倉島に鎮座する奥津比咩《おきつひめ》神社の遥拝所ともいう。鐘崎から移り住んだ人びとが、舳倉島を故郷の沖ノ島に見たてて、宗像女神として尊信したということになろう、とも緊急報告に記してある。舳倉島の奥津比咩神社は延喜式内社にあてられている古い社であるという。

この沖合の島を尊信する人びとは、海女が移り住む以前からこの沿岸にいて漁をしていたのだろう。文書には、今は御陣乗太鼓で観光化している名舟の村びとが、やはり沖合の舳倉島信仰を持っていて、海から女神が渡来する口承を持つことが記してある。島に向けて海中に鳥居を建てたという。沖の女神の話は重蔵神社の伝承ばかりではないのだった。

海の神信仰と古代の海辺の人びとの、共通する心情の跡が、見えがくれにこの能登にも残っていること、そしてそれが時代とともにその由来を変化させていることが、おもしろく思われる。このあたりは上杉謙信が攻め寄せて来た時、敵を驚かすために火を焚いたとか、太鼓を打ち鳴らしたとか、近世の出来事に寄せはじめている。が、もとより上杉勢の攻略はこの北側の海には及んでいない。

太陽をうれしがりつつ宿に戻る道に、はや朝市の人が並び、「買うてえ、買《こ》うてえや」と呼びかける。

この朝市だって、さぞや年を追うごとに変化しているだろう。土産品が並ぶのを嘆く声もすくなくないが、鮮魚を持ち帰るには都合のつかぬ旅の者にしてみれば、それもたのしいものだろう。市に出ている品々の中で、私にめずらしいのは、糠漬けの身欠きニシンやイワシである。旅の折々に聞いたこの魚の保存法を、私は家で見聞きしたことがなかった。

宿に戻る。

朝食に朝市で売っていた干物がそえてあった。

青空を仰ぎながら光浦へ行く。

町がとぎれて、山上は公園の鳳来山《ほうらいざん》の坂道となった。民宿が点在している。坂を越えると光浦の海だった。

砂の渚が大きくゆるく弧を描いて民家はない。波も立たない海は春めいている。西のほうには光浦の漁港もあると思われるのだが緑の低い防風林が彼方まで続いている。東へ行けば岬を廻って海士町、そして輪島港である。なんともおだやかな海だ。

輪島港へとのんびり歩く。

浜辺に桜が植えてある。車道も通っていた。

袖ガ浜海水浴場と看板がある。

ここまで海士町の祭りの御輿が来るのだな、と思い出す。袖ガ浜までしか行けなくて島での祭りのよさが消えた、と話していた。

ふりかえると遠くまで波打際が白い。

『今昔物語』に出ていた光浦の海人《あま》の話はどのあたりか。

能登の海の沖合に鬼寝屋島《おにのねや》というのがあって、アワビがよくとれた。光浦の海人たちはその島へ行ってはアワビをとっていた。ところが藤原通宗が能登守の時、光浦の人びとを酷使してアワビとりをさせ、あまりの苦しさに、浦びとは全員こっそりと越後へ逃げて行った、という話である。

この物語の鬼寝屋島というのは、海上二十数キロのあたりに点在する七ツ島のことだという。七ツ島から更に二十キロあまりで舳倉島がある。

アワビがなぜそのように珍重されたのか。

輪島の朝市には生まのアワビも出ていたが、糠漬けのものもあった。が、古代それを朝廷に納めていた当時は生まで運んだわけではない。海底ふかくすむアワビが、時に真珠を抱くことも知られていた。玉を抱く海のものは、古代国家成立の頃は宮廷神事に欠かすことのできない神饌《しんせん》であった。海を生業の場とする人びとの中で、潜水漁の者は海草やアワビを税として朝廷に納めることになった。いずれもよく乾燥させて輸送に耐えるものとして京へ運ばれた。

アワビはそのまま蒸して干しあげたり、細長く切ってのばして乾かした。のしアワビといった。都に集められたのしアワビは、宮廷の神事で使われ、残りは貴族および伊勢神宮その他特定の神社に分け与えられている。

のしアワビは貴族たちの氏神の神饌となるが、時代が下るとともに贈答の折にそえられ、江戸期ともなれば武家にもひろまった。やがてはアワビなしの、のしアワビの形と様式ばかりが一般にも普及し、祝儀ののしとなった。今日もなお私たちは、のし紙やのし袋を贈答の様式としている。

そのアワビである。能登の国司はお役目柄、都に多くのアワビを送りたかったのだろう。光浦の漁民を酷使して逃げられたのだった。都に集められた品はアワビばかりではない。陸の産物も織物も塩も魚も税となった。都に海草市が立った。それは朝廷から給与された海草を貴族たちが家人にも分け、余分を市に出していたのだ。庶民がそれを買いに出てにぎわったのだった。当時、魚は塩をして幾段にも重ねておもしをして、自然発酵させて、すしと呼んで都へ運んだ。気温の高い地方は適さないので北陸沿岸からが多い。近年の金沢のかぶらずしは、その系統の、味覚のすすんだ匂やかな品である。

アワビは江戸時代には俵物として、これまた珍重されて、長崎を経て国外に出された。中国向けである。加賀藩主が筑前鐘崎の海女漁の人びとに、米塩を与えて保護政策をとり海士町に住ませたのも、賢明な手段なのであった。

袖ガ浜は四月の陽気である。
ぶらぶらと岬へ向かって歩く。

第七章　民話　奥能登・珠洲市高屋

「この陽気を持って九州から来られたんですね、能登の冬がいつもこんな調子だと思ってもらうと困るな」

　珠洲《すず》の高屋海岸で塚本真如《まこと》さんが笑う。

「風が強いですよ、ここは。鐘堂に張っているあの厚い幕も破れてしまうのだから」

海風がまともに吹きつける能登東北端の高屋の高台に建つ円竜寺である。雪は吹き散らされて積もらないが、舞い上がった波が霧雨のように降るとのことだった。

　その冬が想像できないほどの晴天が、輪島を出発して一日中続いている。朝光りに終ることのない日和りのようだ。

　私はここまで、初対面の和田玉昭さんの車でやって来た。輪島の塚田海岸に建っていた、キリコ会館から、沿岸の道を。

キリコの説明をすこししておきたい。

それは能登の各地の祭礼に大勢の人にかつがれて、神幸の前後に従う神灯のことである。輪島の重蔵神社でもキリコが仮屋の浜に高々と立てられると聞いたし、富来でも戦争中は女がかついだと聞いた。そのように、ほとんどの社の祭りの夜に灯をともす。

地元の人びとには豊漁豊作を祈願する祭礼のシンボルのようになつかしいもので、夜空をあかあかと染める、とキリコ会館の案内にある。が、他郷の者にはキリコと聞くだけでは想像できない。盆などに用いるキリコ灯籠が思いうかぶ。

広辞苑によれば、四角な物の、かどかどを切り落とした形をキリコといい、キリコ灯籠は枠をキリコの形に組み、四方のかどかどに造花などをつけて、紙または帛《きぬ》を細く切って飾り垂らした灯籠、とある。

能登の旅にはキリコ祭りを見よとの思いが地元の方にはあるかも知れぬ。キリコ会館が能登の各地から集めた十数灯のキリコは、四、五メートルから十余メートルもある長方形の紙張りの灯籠だった。灯が明かるく灯っている灯籠の正面には祈願の文字が大書してある。この灯が地区の人にかつがれて幾本も祭りに集うのだろう。会館には産土神が祀られ、祭りばやしが流れていた。

会館から和田さんの車に乗せていただき、沿岸道路を東北へ向かって走った。いい車道ができていたが、途中ぽつぽつとある集落の人にとっては、狭い耕地を車道にとられるのはつらいことだったろう。反対も強かったという。沿岸には山が迫っていた。通称千枚田という狭い田が山の斜面に石垣で支えられ、段々とのぼっている。潮風の吹く中で苦労な米を作って来た所であった。

名舟の集落とか、観光写真で見る窓岩という穴のあいた岩などが沿線にある。揚げ浜塩田がある。砂を揚げて平らにし、海水を運んで天日にさらして塩を作った。今は一軒だけがその製法で塩を作る。

このあたりは珠洲市に合併された。珠洲は人口三万二千人。人口比率からいえば農業が主体の市とのこと。輪島市も人口三万三千ほどで、輪島も珠洲もその人口が市街地に集中するばかりでなく、海辺から山間に散って集落を営んでいる。出稼ぎもすくなくない。金沢、そして中京・関西が多い。まじめに陰日向なく勤めると評価が高い。

私はたまたま和田玉昭さんに案内していただいて珠洲へ向かっていた。珠洲の高屋に塚本さんをたずねてから市中に泊る予定にしている。和田さんは三十代前半か、すいすいと車を走らせた。珠洲の町の中心街に住いがあり、この沿岸の真浦《まうら》に料理の店を開いているとのことだった。

真浦の、和田さんが営む庄屋の館という郷土料理の店に入った。店のそばに父親が経営する旅館があった。背後は山。真浦は小漁港だった。

店は茅葺き平屋建ての大きな民家で、土間にいろり、畳の座敷も広い。私は思い出して話した。

「この家は古くから使われていた民家でしょう？　大分県の湯布院という温泉町に知人がいて町づくりを進めているのですけど、これと同じような民宿とか食堂とかも作ってます。いい町です」

「ああ、ご存じですか。実は東京に六年くらいいてこっちへ帰って来た当時、どうしたものかと悩んでいた時に、別府大の先生から湯布院の話を聞きまして。それじゃ行ってみるかと友人と行ってすっかり感動しました。あそこは特別の産物もない山の中ですよね。

特別の産物もないのに、実によく工夫して、いい料理を作っていることと、中堅層が町づくりの中心になっているということ。この二つに感心しました。

それからです、この仕事を郷里でしようと決心したのは。近くの肝煎の家を二軒、解体前のものを買って来ましてどうやら始めました」

私はうれしかった。湯布院の町づくりは若々しく、のびやかである。珠洲もそうあってほしい。奥能登は旧十村の時国家などに見るように、中世的な主従関係と見まがうほどの、強大な支配層と奉公人小作人の間柄が長い年月続いて来た地域である。人びとの移動もゆるやかだし、何かと困難も多いことと思われるが、若い人びとの意欲が実を結ぶようにと願ってしまう。和田さんの話では若手がすこしずつ動き出していて、協同組合形式の店も生まれて三年になる、とのことだった。

真浦の海でも女たちが磯に出ていた。

「岩のりとりでしょうか」

私は昼食をとりつつたずねた。

「いえ、ジンバサです」

「ジンバサ？

あの神馬草とか神馬藻とか書く、黒い……

ぱさぱさした海草ですか。波によく浮いてる……」

「ええ、そうです。ホンダワラというのが正式名ですか、あれは」

「私などはホンダワラといいますが……

ちょうどよかった、おたずねしたいことがあるのですけど」

私はその海草の名が出たのをよろこんでたずねた。「実はそのジンバサが重蔵神社のきさらぎ祭の神事に由緒ありげに使われていて気になっていますけど、あれお正月か何かに使いませんか」と。

「使います、しめ飾りに」

「ああ、やっぱり……」

和田さんに略画を描いてもらった。藁で丸く作ったしめ飾りに、みかん、干柿、ジンバサがつけられる。ジンバサが帛《ぬさ》のように垂れていた。

一年前のことになる。私は東大名誉教授の新崎盛敏先生から丁重な手紙をいただいた。『海路残照』を読んだとのことで、海の産物と古代呪術にかかわる視野のひろい便りだった。その中に、神馬藻のことがあった。それは私が文中でふれていた点をさらにひろげるかのような問であった。その海草に何らかの呪力を感じて来た名残りではなかろうか、とのことで、たとえば昔のタヒチ島の軍船が帆の尖端にそれをなびかせたり、日本の漁船が帆柱にそれを吊したように、正月の飾りにそれを用うのは何かのいわれがあると思うが、その由来を耳にしてはいないか、と。

私は何も知らないのである。ただ心にかかっていたのは、たとえば名舟の御陣乗太鼓も頭髪の乱れた鬼面をかぶるが、同じようにおどろおどろしくジンバサを頭につけて顔をかくし、深夜海辺でひそかに踊った神事が、日本海沿岸に残っていることだった。その様式も近年急速に変化しているけれども。そして正月のしめ飾りについて、私は、羊歯やゆずり葉のものしか知らず、ジンバサを使ったのを見聞きしたことがなかった。

「なぜジンバサを使うのでしょうね。何かいわれが伝わっていますか」

「さあ、特別なことも聞きませんが。海の幸の代表でしょうか。陸のものはミカンと柿ですね」

私は昼の食事のタラ鍋にそえられた郷土料理の品々の中に、ジンバサの田楽もあるのを賞味しつつ、遥かな歳月を人は生きて来たのだな、と思っていた。風習にこめられていた者の心情など、すっかり忘れてしまうまで、私たちは生き継いで来ているのだ。忘れ果てているのに、なお、ちらちらとその破片を耳飾りのように生活に残したまま。


ジンバサのことは何も知らない。

なぜそれを神に供えるのか。

なぜそれをしめ飾りに使うのか。

ただわかっているのはそこには自然との対話がこめられていたことである。その心は受け継がれていたから、神は滅びようとも、私たちは自然に対して語りかけてきた。日本ばかりではない。夕焼け空のあまりの美しさに、敵も味方も声を失い、永遠のいのちを感じた、と、第二次世界大戦の折のユダヤ人殺戮の現場での話を読んだことがある。

そのように、人の生命を越えて存在するものを強烈に感ずる瞬間を、救いのように私たちは伝承してきた。

生産も生殖も生きるための条件である。けれどもまた、あくことのない好奇心の対象でもある。人間の知的好奇心が科学技術を生んでまだ日が浅い。が、それは飛躍的な発展段階に入った。自然の摂理のままでは存在しない物質や生命もまた、第二の自然条件の様相をもってきている。

それでも私たちは知っている。文明の形而下的基盤は、人の自然としての肉体と、物質としての地球であることを。その有限性への挑戦に偏向するのは自滅だと。おくればせながら有限性と知性とのバランスを模索してもいるのである。そして、それが次の時代へのよりよい贈りものであることも、承知している。

庄屋の館で昼食をとり、和田玉昭さんに送っていただいて、海ぎわの道を高屋へ行った。もう能登半島のぎりぎりの先端になるといえる。そこは禄剛崎《ろっこうざき》に近い所であった。数すくない沿岸廻りのバスは、高屋の手前の大谷から山の中へ入って、珠洲の市中の飯田へ行く。高屋を通り、禄剛崎をぐるりと廻って内浦へ入る海岸一周のバスはない。それは途中で北陸バスと国鉄バスの乗り継ぎになっていた。もっとも高屋は乗り継ぎ地点の手前だが。

私は意図して半島の端を歩いているわけではない。たまたま塚本真如さんの寺がここにあり、たまたま和田さんの店がここにあった。思いがけない案内を得て、短い旅では行きかねる所へまでも足をのばし、私はうれしかった。

寺にはいろりに木炭が赤く燃えていた。

「高屋が輪島からの沿岸道路の一番端のようなもので、ここから先の折戸までは最近まで道はなかったですね。ぼくら、海岸の磯を渡って遊びに行ったりしてましたよ」

塚本さんがいろりの火をあたたかくして話す。三十代の住職である。父上は病臥中とのことであった。廊下の硝子窓の外で庭木が陽に映える。私はやはりほっとくつろいでいた。

「珠洲市高屋というので市街だと思っていましたけど、珠洲市は町村合併しての呼び名なんですね」

「そうです、ここは以前は西海村高屋」

「ああ……戸数は増えました？」

「いえ、かわりません、七十八軒ほどですね。風待港なんですね、ここは。昔の北前船時代の。その当時は高屋浦と言って。今は漁港です」

海岸は車道を下った所にある。下り坂付近に商店や民家が寄っていた。

このあたりには四十八の僧庵があったという伝えがあり、上杉謙信が攻めてくるというのでみな佐渡へ渡り、この円竜寺ばかりとどまったという。地名には寺尾、寺釜、など寺のつく地名や堂とつくものが目に立つ。

「伝説ですからなんとも言えませんね」

八十戸足らずの家は漁業・農業・商店、勤めに出るなど職業はさまざまで、富来のように船員家庭が多いわけではなく、その伝統はない。風待ちの港といっても磯まわりの船が主で、沖乗りの船は嵐の折の避難港としたのだろう、地元に船乗りの伝統はなく、この地区の人は、かつては山越えで、今は珠洲市の中心地である飯田の町に魚やワカメなどを売りに行っていた。天秤棒でかついで、日に二、三回行くこともあった。夏の日の魚の鮮度を保つため、雪小屋に雪を貯えていたという。穴を掘って雪を踏みかためその上に小屋を作って夏まで保たせるのである。

そういえば雪小屋に類似した氷室の話も、今はもう用済みとなった暮らしの知恵として見聞きしている。また、かつて江戸城で、お氷の日とて登城した諸大名にわずかばかりの氷が渡され、邸の家族たちも大さわぎをして待ち受け、一寸角ほどの氷を浅黄のふきんを布いておしいただいた、という追憶談を読んだこともある。夏の日の氷が商品となる以前のことである。雪の降らぬ地方の行商では、夏の魚売りは朝のまの仕事で、氷を買ってまでして魚を売るのは引き合わぬ、と話すのを聞いた。雪小屋とは、どこかなつかしいひびきがある。

高屋でもイワシの糠漬けをはじめ海のもの山のものを漬けものにして貯えた。この日、ここでも女たちは磯に出ていた。

「能登のトトらく、加賀のカカらくなんて言いますけど、ほんとに能登の女性はよく働きます」

「私もつくづくそう思ってここ数日を歩いています。この頃は消費生活の工夫はしますけど、ふつう家庭の女は畠のものを作ることなんてしませんもの。岩のりやわらびがあってももうとりに行こうとしません」

「こっちでも若い人はそうですねえ、年寄りがたのしみにとってるくらいで。行商や朝市だって女性でしょう」

「男の方は冬は何していらっしゃるのかな」

「まあね、ぶらぶらと」

「やっぱり、トトらくだ」

私たちは笑った。

八十八夜の茶摘みの頃、茶の産地で同じような話を聞いた。茶の芽をひとつひとつ摘む仕事を幾日も続けるなんて、とても男にはできない、と、男たちが言っていた。でも老いてもからだを動かしながら山や海で呼吸するのはしあわせだ。働くことのよろこびを知っているようだと、能登の女たちの、わらじがけの磯歩きをみつつ思う。


高屋の海岸から青くひろがる海が眺められる。この二十キロほどの沖合に岩礁地域があっていい漁場となっているそうだ。地元の漁師はそこを嫁礁《よめぐり》と呼ぶ。

「あの嫁礁に伝説がありまして。旦那寺《だんなじ》さんという漁師が高屋にいました。昭和三十五年頃小松に行かれたんですが、毎年お墓参りなんかには来ますけど。

その旦那寺さんの先祖が、漁に行くといつもいっぱい魚をとってくるというんですね。ほかの漁師はとれない時でもたくさんとってくる。その人だけがいつも豊漁なんです。

嫁さんがだんだんと不審に思うんですね。近所の者も噂をしたりしたんでしょう、ある時船の座板の下にかくれた」

塚本さんが話す。私は、旦那寺さんて、ご本名ですか、とめずらしく思ってたずねた。その通りで円竜寺の檀家だとのことだった。

座板の下にかくれて夫の船で沖へ出た。女が船に乗ることはタブーである。が、嫁は漁の最中に、そっと座板から出て来て海の様子を眺めた。旦那寺さんは急に現われた女を魔性の者と思い、海へ叩き落とした、という。

「今もあの嫁礁が高屋漁協にとって一番魚のあがる漁場ですねえ。遠くちらちら白波があがる、あのあたりにそんな言い伝えがありますね」

「嫁礁ねえ。玄界灘にはそのような岩礁に女の神さまが住んでるって伝説がありますよ。竜宮みたいな話ですけど」

私は嫁礁の伝承が、現存する個人の家の先祖の話というのを、おもしろいと思った。

この近郊には他にも特定の家のことだという民話が残っている。

昔、国永さんの家の近くの沼に、大蛇がすんでいた。ある時その大蛇がやって来て、「どうかわたしを海に出してください。そのかわり宝物をさしあげます」と頼んだ。国永さんは、山をこわしたり人の住いを傷つけたりせずに出るなら許してやる、と答えた。大蛇はたいへんよろこんで、宝物を置き、山裾をかすかにゆすりながら海へ出て行った。その跡は細い流れとなった。国永さんは大蛇から渡された宝物を、けっしてあけるなと言われていたが、つい、そっとのぞいてみた。すると一筋の煙が立ちのぼり、沖を行く船が光った。宝物はあの船の上に落ちたものと思われる。

昔、南さんの先祖が犬を飼っていた。ある日南さんと一緒に飯田の町へ行っての帰り、夕暮れの山道を歩いていると、急に、犬が南さんのきものの裾を引いて、くぼ地へ連れこんだ。と、その時、狼の群れが、向こうの草原を通って行くのが薄明かりの中に見えた。

昔、笹岸さんの親が高屋で酒をよばれて家に帰る途中のこと、釜坪に来た瞬間、ふわりと突きとばされて高い崖から下へ落とされた。が、けがもせず死にもせず、家へ戻った。天狗につまみあげられたのだろうという。

昔、笹波の本多さんの裏の森に天狗がすんでいた。どぶ酒の好きな天狗だった。本多さんの祖先はどぶ酒をこの森のお宮に供えていた。

その他、いろり端や浜辺で大人や子どもが打ちまじって語られたろうと思われる話が、狐の踊り場と呼ばれる広場などとともに、地元の公民館で集められている。

塚本さんが、ぜひ泊っていらっしゃい、と、予約した宿にことわりの電話をしてくださった。恐縮し、よろこび、いい天気の中を海岸沿いに車に乗せていただくことにした。ドライヴに快適な午後だった。まだ新らしい車道が海面よりかなりの高さで走っている。片側の山はつやつやと椿であった。車は輪島から来た道を背にして、東へと走った。

木ノ浦に数軒の家。浜のキャンプ場は低い岬のかげになった砂浜。夏はにぎわうのだろうと見廻す。国民宿舎が山に建っていた。禄剛崎でも、そして途中の集落でも、今日の太陽の光を惜しむように、女たちが岩のりを干していた。ちょうど黒い障子を陽ざしに立てかけているように。

「たくさん干されましたね、おくさんがとっていらしたの？」

四十そこそこの主婦が二人、朝から遊んで来たわ、と顔を見合わせて笑った。新建材で建て増しした家の壁に、まだ濡れている海草が干しかけてある。禄剛崎だった。

「のりでしょ、これ」

「カスカモ。のりはようないわ、とれん」

「カスカモ？　カスカモってなんだろ」

私はつぶやいて黒く張りついている海草をのぞく。

「どこから来たん？」

「九州です」

「へえ、九州はぬくかろうがに、そないなもん着るのかね」

私の古くなった毛のコートに寄ってくる。

「ひまそうね」と私。

「ひまじゃわね。とうちゃんが家に居らんさけ。母子家庭じゃあ」

　女たちは陽気だった。

「岩のりは今年はだめですか」

「正月の雑煮にいれるくらいじゃったな、なあ」

「雑煮？　岩のりを？」

「いれるわね。餅は九州は食わんかね」

「食べるけど、岩のりはないのです。あれを生までいれますか」

「醤油味の汁に餅と岩のりといれるわ、うちはとうちゃんの好物や」

　軒下にイワシが串刺しになってすこし下げてあった。家の前の砂浜に小型漁船が引揚げてあり、シートがかぶせてある。

「ご主人はどこの仕事に出ていらっしゃるのですか」

「酒作りやわ。ここらへんはみな杜氏《とうじ》、そここ行くわ」

　帰りには酒樽一本持ってくると言った。いつ頃帰ってくるのか、聞き洩らした。子どもたちの姿は見なかった。

　塚本さんの話では、カスカモは夜なべ仕事にとる、とのことで、浜にいくらも流れ寄るのにもったいない、と、やはりとっているとのこと。多くは親せきや知人からの頼まれもので、商品として売ることはなさそうである。どのような味なのか、ちょっと想像がつかない。思えば商品化された品しか私は知らないのだ。

葭ヶ浦《よしがうら》の崖下にあるランプの宿を、ちらと眺め、上野《うわの》、塩津、寺家《じけ》などと続く半農半漁と見受ける集落を走る。途中塩津を通る時であったろうか、垣など低めにめぐらした細道を走りつつ、塚田さんが、この地区のキリコは七間もあります、と言った。寺家の須須《すず》神社に近くの地区のキリコが集まるのだが、よそのものより小型になったので敗けられん、と、二千万円のキリコをこしらえた。須須神社に集まるキリコの中での最大のものだという。あるいは寺家のキリコだったたか。旅の私はその心意気に驚ろいて、七間もの柱をどこにしまうのでしょう、と聞いた。が、肝腎の奉納地区の名が記憶からこぼれてしまっている。

浜に面した須須神社に寄った。鳥居のそばに由来が書いてあった。延喜式に載っている古い社である。源義経が奉納したという蟬折《せみおれ》の笛が宝物として保存されているとのこと。義経伝説は能登の各所にあるが、その奥州落ちの時、沖合で嵐にあい三崎権現に祈願したところ、無事にこの浜に上陸した。そのお礼に所持していた笛を奉納したと伝える。須須神社はかつて三崎権現といった。

この浜から海上に白い山脈がきらきらと光った。富山県の立山とのことであった。能登半島も内浦へ入ったのだった。

「立山がはっきりと見えると雨になると言いますね」

「それでは明日も晴ですね」

「めずらしいな、ほんとに」

静かな海である。内浦のまだ端なのに、外浦の海を見て来た目に、湖のように見える。二つ三つ島が浮いている。

このあたりからも漁船がしばしば北海道へ行った。ニシン漁である。漁船はカワサキ船と呼んだ。ニシン漁の漁場では戦争のような漁期の間、男も女も眠るまを惜しんでニシンを陸にあげたり、身欠きニシンや肥料に加工した。

「このあたりから子どもが一人で子守りしに行くんだと言って、北海道に行ってましたよ。十歳くらいですね。漁船に乗せてもらって」

「子守りですか。女の子？」

「いえ、男の子」

「男の子ですか。弟か娘の守りでしょうか」

「いえいえ、よその人の子守りですよ。幼ない出稼ぎですよね。帰りはまた船で連れて来てもらう……」

「ああ……」

「昔の話ですけど」

「ええ」

内浦らしい砂の平坦な集落となっていく。畠なども家の間に散在する。葱が植えてある。

「このあたり引砂と言います。引砂のサンニョモンの話というのがありますが、ここの人だと伝えているんですね」

「ああ、おどけ者というか、愚か者というか、民話の……」

「そうです」

「ここですか。半農半漁のむらですね」

こぢんまりとしていた。落着いたたたずまいである。四、五十戸ほど。

「半農というより農業が主体ですねえ」

塚本さんが走らせつつ言った。夕暮れが這っている。外浦よりもすこし早く日暮れがくる、と思った。

引砂のサンニョモンは、千浦の又次のように人びとに愛された。三右衛門と書くのであろう。

サンニョモンは京に行った。りっぱな仏具屋がある。鐘に目がとまった。

「この飯椀の大きいの、何文や」

店の男がサンニョモンの様子を見て、からかって答えた。

「おまえといっしょで三文や」

「こっちの汁椀は何文や」

「おまえといっしょで三文や」

「こっちの煮しめの椀は何文や」

「三つまとめておまえといっしょの三文や」

「ほんなら、三つまとめて三文」

サンニョモンは三文置くと、大きな鐘を頭にかぶり、残りを手に店を出た。

番頭があわてて、

「三文にゃならん、三文にゃならん」

と言うと、鐘を叩いて、

「鳴る鳴る」

と言って能登へ持ち帰ってしまった。

この三右衛門の話は高屋の嫁礁のように実話と伝えられて、その鐘を寺宝としている寺も近くにある。

サンニョモンの話は例によってとぼけたものが多い。

飯田の町でサンニョモンが言った。

「おら、桶にイカいっぱいとった」

「ほう、そのイカ全部買うた」

魚屋が言った。が、サンニョモンの桶を見て「なんや、ひとつしか居らんがな」

「そうやがな、イカいっぱい（一匹）や」

また、ある時、ふんどしはずして大声で歩いた。「松茸いらんかあ、松茸ぇ」

人びとがおもしろがって、「買おう」と言った。サンニョモンはちいさな松茸を袂から出した。

「これとちがうがな」

人びとが言った。

「看板売る馬鹿《だら》あるかあ」

サンニョモンが言った。


千浦の又次も引砂のサンニョモンも、偶然立寄って私は知った。きっとこのほかにもかくれたひょうきん者の伝承があることだろう。私は北海道の渡島《おしま》半島の江差で知った、江差の繁次郎を思い出した。

江差は周知のように、日本海側の古くからのニシンの漁場である。ニシンは群来《くき》るというように、海が盛り上がるほど群れて産卵のためにやってくる。江戸期からカワサキ船が、大勢のヤン衆と呼ぶ漁業労働者を送った。能登から行く男たちも多かった。江差の繁次郎は明治の初めに六十歳ほどで没したという。父親は能登衆であったと伝えている。

真偽のほどはわからない。が、千浦の又次や、引砂のサンニョモンを愛した人が、北海の漁場で思い思いの繁次郎を酒を飲み飲み語ったにちがいないと思われる。繁次郎の話には、又次版画集にあった話とそっくり同じ話も、伝わっている。ひょっとすればそれは、サンニョモンの話の中にもあるかも知れない。

又次版画集には次のようにある。

又次が山でたきぎをひろっていると、うんこがしたくなってきました。わらのかげで大きいのをやっていると、向こうから、だんな様がやってきました。

又次はあわてて、わらをかぶせましたが、だんな様に見つかってしまいました。

「又次、何をかくしたのや」

「だんな様、だんな様、たいへんです。金の鳥をつかまえました。この中にいますが、鳥かごがありません。わしがもどってくるまで、ここをおさえとってくだんせ」

又次は一目散に山をかけおりました。そして、だんな様がどうしたかを想像して喜んでいました。

だんな様はどれだけ待っても又次が帰ってこないので、そっと、わらの中へ手を入れました。

すると、「ぐにゃ」という音と同時に、あのくさいにおいがしてきました。

江差の繁次郎に同じ話があるのだ。また次の話もある。

江差の久丁の主人は江州の人でした。

ある日、繁次郎は久丁に行って、

「親方、仏さまの鐘をひとつもらうよ」

と言うと、金も払わずに鐘を持ってさっさと店を出ました。驚いた久丁の主人が、江州弁で、

「こら、繁次郎、それはならん、ならん」

と言うと、

「鳴る鳴る」

と、鳴らしながら帰ったとさ。


海が運んだ唄や民話はすくなくないが、ユーモラスで愚かで反骨精神のある男の話がこうして語り伝えられたと知ると、私の旅もたのしくなる。九州大分の吉《きっ》チョムさんの民話もこれに類している。


車は蛸島の家並の中へ入って行った。

ここは珠洲市のいくつもの漁港の中で最も大きな港である。家並も平家づくりの落着いた家々が続く。戸数も多く、商業や漁業を営んでいる。サバ漁の時には近県の漁船も港に

入る。

この蛸島から内浦伝いの国鉄能登線が出ていて、穴水で輪島からの七尾線と合流する。バス道路が整わぬ頃は、今通って来た集落の人びとは山道や浜道を歩いてここまで来ると、ほっと明かるむ思いがしたろう。

蛸島の港はゆったりとしていた。船溜りも水揚げの広場も。陽が傾きだした空に、鳶の群れがすごい。漁船からあがって網の始末をしていた漁師が、「あの森に棲んどる」と港のそばの森を顎でしゃくった。なんとも不気味になる数の茶色の鳶が、しきりに鳴き合いながら高くなり低くなり、魚の水揚げのけはいもない夕方の空を舞う。

港にかもめはつきものだが、白い鳥の姿がない。

「あんなに多いと乳母車に赤んぼうのせて歩けない感じですねえ、さらって行きそう」

私は言った。

「いつか輪島の朝市で、朝市の女の人が魚売るために持って来ていた出刃庖丁を、とんびが魚とまちがえて持ってったことがありますよ。その庖丁を途中で気づいたんでしょう、空中で落として観光客のここ、すぱっと切った」

塚本さんがどこかを押さえたが、悲鳴をあげた私が思わず目をそらす。朝陽射す市のにぎやかな通りが浮かんだ。

この港の出船は爽快なことだろう、内海に向かっていて風も吹きこまぬ港だし、外へ出ればすぐに日本海だし。この日漁船の多くは漁へ出ていた。内海の漁は時間を選ばないのか、いつでも漁に出る、と漁師が言う。

静かな港に立っていると、もう幾日も旅をしている気がした。鳶は日暮れ前に森へ入るのだろうか、と思う。

第八章　白い山　奥能登・珠洲市大谷

珠洲市飯田の町はずれの道を、年配の女たちが黒っぽいきものを丸く着込んで、ゆったり歩いていた。片手に風呂敷包みを提《さ》げ、何やらしゃべり合いながら野辺でも辿るように行く。道のかたわらは木立になっていた。そののどかな歩き方。いつか、どこかで、こんなリズムを見ていたな、と思う。私も子どもの頃、こんなぐあいに急ぐこともなく、また、家へ帰っている意識もなく、友だちと遊び遊び帰った。その頃は、道草をくわずにまっすぐさっさと家へ帰ること、というのが下校時の先生の注意のことばだった。

家へ帰り着くまでの、たのしかったこと。あの解放感が今も私によみがえる。空も広く、そのあたりもひろびろしていて、駈けたり立ちどまったり、草笛を作ったりしゃがんだり、友だちとしゃべり合っていた。それでもその通学路は飯田の町より人口もずっと多い市街地だった。

今、目の前をぽかぽか行く老女たちが、子どもに見えてしまう。老いたことを忘れているいい姿をしている。子どものよさは、自分が子どもであることを忘れている点にある。学校の門を出れば、心は大人にも天使にもなれた。とんぼにだって、なっていて、ぽかんと空を見て歩いた。足もとがすこし不安で、時折、ちらと下目を使う。それでも結構、とんぼだった。

私はもうすこし年をとれば、またとんぼになれるだろうか。年とった私が、とんぼになってゆらゆら歩く道が、まだ日本に残っているだろうか。

草の葉が美しくして、心ゆくまで立ちどまっていたくなる時が、今も、ビョーキのように突然おそう。それでも分別臭く、立去る。その分別がまだつかなかった頃、道はどこも広っぱだった。

この頃の子どもの感性は、道をどんなぐあいに受けとめているだろう。

老女たちはお講帰りなのだな、と私は思った。

富来町で岩のりとりの話を聞かせてくれたシノさんは、私と話をしている時に、講のための料理を近所の主婦に指図した。シノさんは、おこもしともおこさまとも真宗講のことを言った。毎月二十八日に寺に門徒が四、五十人集まるのだとのことで、終戦までは八日と二十八日の二回だった。法話があり、また、雑談でたのしむ。

そのおこさまの時、「門徒の人が三百円出いて、よばれにくるにいね。その人たちのまかないするの、順番に」と、十四、五人ずつの組内の主婦が料理を作ることを教えてくれた。一軒から一人は必ず出て、まかないをする。出られない家からは三千円集める組もあるが、都合のわるい時もあることだし、お互いさまだからとわたしのとこは取らん、とのこと。夜のうちにみんなで料理の用意をし、明くる日寺に行って煮炊きする。寺の大釜で一斗二、三升のご飯を炊く。

シノさんは献立の相談をする主婦に、大根と人参の酢のもの、これはピーナツをすっていれる。ほうれん草は今高値だから、人参を切ってゴマすって、およごし。おひらには、焼豆腐と椎茸と人参。お汁は、酒のかすを焼いてすって味噌もすっていれて、新ワカメをいれる、と、指示した。

「おつゆはいつもは菜っぱいれるけど、今朝早う起きて、ワカメがあがっとらんかな、と思って浜に行ってみたの。そしたらあったに。それ持って来たさけ、それ、ようと洗うて、熱い湯にひたして、おつゆにするの」

そう言った。

私は、今朝浜へ行って、と、ワカメひろいを何事もなく話すシノさんのことばを声もなく聞いていた。ワカメがそこにあると知っていたとしても、それをとりに行く姿勢を私は失って久しい。その労をいとわぬ生き方とつつましい献立に、おこもしを支えて来た人びとの基本的な姿を感じたことだった。

それはここばかりではないだろう。越後の高田で法恩講に出会ったことがある。あの時お堂では能登のほうからみえたという僧の、節説教《ふしせっきょう》があって、法話をわかりやすい人情話のように語ったが、それを聞いている人びとの表情もまた、シノさんのように畠を耕し海でひろうことを大切にする働き者のそれだった。説教の切れ目にべんとうをひろげて食べあっていた。

真宗講は日々の暮らしの中で育ちそれを支えて来た。北陸を中心にひろく滲透していることについて、その歴史的由来もさることながら、信徒がどのような生活の中でどのような姿勢でそれを日常化していたのかということのほうが私の関心をさそう。そしてそれは、講の献立を作りあげる女たちを知ればうかがい知ることができる。みんなで食べ合うために、ひろったり作ったりして二日がかりの炊事をするのだ。その姿勢が保てなくなる頃、講は再編成されるだろう。

能登の真宗門徒組織の調査なども学会で行われていて、その報告書を一般に読むことができる。それらによれば、真宗講も地域とか寺とかによってかなりの幅がある様子である。なかなかのことだなと思わせられるのは、講のほかにお座といって僧の参加しない信徒ばかりの集まりもあり、それが月に三度も持たれていたりする。昭和三十年の調査だから相当にかわっているだろうけれど、一軒から一名は必ず参加して、信仰について語ると共に、農事その他が語られ、この場でとりきめられるのだ。それは地域の者全員の生活を左右するといって過言でない。

　こうした姿を読みとっていると、寺を経て本山へと宗教組織の強化を本山の側からは問題にしようとも、肩を寄せて生活せねば守りきれなかった長い歳月が感じられるのである。それはお講のある地方の特質ということではない。頼母子講などという経済上の講から冠婚葬祭まで、相互扶助で日本の庶民は生きてきた。そのような村のありようが、とりわけ中世ふう土壌の上に続いているのだ。そのことをぬきにしては奥能登の真宗講の普及も考えられないだろう。

　毎月三回あるお座や、月二回の講は、個人の家で持たれた。そのため、村の全員が集まることができる広い部屋が必要だった。それゆえ、一般に能登の民家は構えが大きい、と、調査書にある。それができかねる所では、寺で集まったり、おやっさまと呼ぶ旧本百姓中の上位者の家で行う、とあった。村落共同体がそのまま地域ごとに真宗であったり、他宗であったりしているのだった。そしてそれは暮らしの形ばかりでなく、心の平安を求めつつ求心的な集落が近代まで続いていたのである。

　近年になって都市化が進んでいる地域から講もくずれ出している様子だが、当然といえば当然のことだろう。そして個々の求道のまにまに時代とともに生きる、より本質的な信徒のつながりが求められているにちがいない。

が、組織という面からいえば宗教界もまた他の分野と同じように、生まぐさい政治性党派性がつきまとう。わけても本願寺は一般には理解のとどかぬ抗争が派生し続けている。遠因近因とりまぜて、末寺はさぞややりきれぬこともあろうと思われる。私は部外者のことゆえ教団の話のしようもなく、ジーパン姿の塚本さんと、知人たちとくつろぐようにくつろぎつつ飯田の町中を走り過ぎた。

塚本さんが夕暮れてくる道を山の中へと車をいれて行った。

「こっちのほうにも村があるのですか、家は見あたりませんね」

「ここにね、最近珠洲焼の窯作った青年がいるんですよ」

車はがたがたと振動した。山を切り拓いたばかりの道だった。ぽつんと作業場がある。登り窯に作品をいれている中山達磨青年の、かがみこんだ姿を窯の中に見た。珠洲焼は備前焼のような焼締だった。根雪が木立の中に見えるこの人里離れた所で、夜通し火を焚くのか、と、しんとした窯場を見まわす。民芸ブームで、あちこちの窯の多くは商品館ふうに客たちがしてしまった。が、沖縄の名護市のはずれ、我部祖河《がぶそか》に、やはり若い人が近年出土したという古我知《こがち》焼を復活させていた。その仲宗根隆明さんの作業場もことよく似た、切り拓いたばかりの山肌のような気魄があった。

焼締の陶器は地味である。釉薬を使わぬから火勢と土と、立ちのぼった灰の溶け合った、なんともいえぬ素朴で力強い味わいがたのしめる。手にとれば土の粒子が肌に当る。けっして均一でない色の変化のおもしろさ。炎ひとつで金色から樺色、黒までの茶系統が灰の色とともに、見てあきない景色をあらわす。私は焼締のちいさなとっくりなどが好き。あるいは里芋の煮ものをころがす広い皿など、日常の雑器が。火の粉の跡が黒ゴマを散らしたような、そして形は引きしまった、繊細なものがいい。

北陸の陶器の代表のような華麗な九谷焼と、珠洲焼とは対照的な焼きものである。それぞれ風土の歴史を反映させているなと思う。陶器の道も奥の深いものであることだろう。また、それだけに、かつての陶工たちのように、暮らしに生きる品々を愛しつつ作り出してほしいと、窯の中で器を並べている静かな背に思う。

真浦の、庄屋の館の和田さんたちが見学に行ったという大分県湯布院町は、山越えた所に陶工村がある。半農半陶で数百年を経ている山の中に、こっとんこっとんと陶土を砕く大きな水車がひねもすまわっている。日常の食卓で使われるものをと心がけて幾代も経てきた皿小鉢、漬物の壺が、湯布院町の宿々でも使われる。その皿や茶碗は、手づくりの豆腐や油揚げや地鶏、いのしし等々の料理になじんでいて、さりげない品位をかもす。旅行者にもそれをたのしんでもらえるようにしたのは、地道で幅ひろい町づくりの結果だった。何しろ油揚げなど七十いくつのばあさまが手なれた仕事を捨てずに、一人暮らしの慰めに作って役立っているのだから。

創造するよろこびはどこにだってある。それは芸術家の占有物ではない。むしろ、生きようとする意識の中にこそ原初的な若さで潜在している。現われる形はさまざまでも、カスカモの料理のようにいつも生きているその場で、生かしたい。


山道を通って高屋の海岸へ戻った。

風のない夕暮れである。海は薄暮の空とともにまだ明かるい。


その夜、いろり端で、陽《よう》ちゃん夕有《ゆう》ちゃんと遊んだ。陽ちゃんは小学校の卒業式がまもなくある。おとめさびた少女。夕有ちゃんは二年生。

「協ちゃんは三つよ。おかあさんと根室に行ってる。いたずらよ。おばちゃん協ちゃんが帰って来たら、またおいでね」

夕有ちゃんがさそってくれる。陽ちゃんがにこにこしている。

そばでおばあちゃんが近所の若い衆とマージャンをしている。あたしはマージャンは知らんよ、と言いつつ強そう。いいムードだなあと、私は陽ちゃんたちのおばあちゃんの、ざっくばらんな相手ぶりに感心する。また一人遊びにやって来た。

「こら、陽。おとこ作っとらんかあ。えらいきれいになったな」

どこかのおじちゃん兄ちゃんは、そうひやかす。きっと二十代だ。

「おまえこそ嫁さん候補はできたか」

誰かがまぜかえす。

潮しぶきの夜も、こうして人びとがいろりのそばに来ているのだろう。昼は子どもたちが来て広い家の中を駈けて遊ぶ。夕有ちゃんが二階から大きいのやちいさいのや、いくつもモンチッチを抱いて来て、その小猿の縫いぐるみを私にも抱かせてくれた。陽ちゃんの宝ものも見せてもらった。オルゴールやペンダント。ちいさなブローチ、マスコット。私はなつかしくなる。私の子どもたちもこんなぐあいに、膝元に寄っていたな。そして、宝ものを時に見せてくれた。

陽ちゃんはもうすぐ中学生。この次会う時はもうブローチなどわけてくれないだろう。

「陽ちゃん、中学校はどこ？」

「大谷。中学生になったら自転車通学していいのよ。あたし、早く自転車で通学したい」

「車が通るから気をつけてね」

夕有ちゃんが、

「あたしは八時五分のバスで学校に行くのよ。帰りはね、四時五分のバスがね、学校の前から高屋まで来るの。高屋に四時二十三分につくのよ」

と言った。

「よく覚えているのねえ、四時まで学校で遊んでいていいの」

「いい。今はお姉ちゃんも一緒のバス」

お姉ちゃんが四時の次は六時五分で、それでおしまいだと教えてくれた。スラックスの上から羽織った綿入れの袖なしが、ほんとうにかわいい。私は富来町のシノばあさまが増穂浦で拾って土産にくれた桜貝を、二人にお裾分けした。二人の女の子は頭をくっつけて、そのほのかな桜貝を、きれいねえ、と見つめ、陽ちゃんひとつ夕有ちゃんひとつ、陽ちゃんふたつ夕有ちゃんふたつ、と、仲良くわけていた。

晴天が高屋を発つ日の海にひろがる。

海がまぶしい。

「こんなこと、ほんとうに、めったにありませんねえ」と塚本さん。

畠に出たり、磯に出たりしているお年寄りが目につく。私はまた車に乗せてもらって今日は山の中を通って飯田の町に出て、能登線に乗ることにしていた。

沿岸を昨日とは逆に輪島方面へ走る。途中で農協に立寄って、小荷物を宅急便で自宅へ送った。農協の売店に食料品が並び光が射しこんでいる。そのオレンジ色のほんわかした午前の光が、九州の家を連想させる。いつもこうだとはかぎらないが、二月も末となればわが家の庭先は光が遊んでいる。

「夕有ちゃんたちの小学校のそばを通りますか？」
「通ります。ちょっと寄ってみましょう」

しばし走って烏川の橋を渡る。目立たぬ川だが、この川を二キロほど登ると平時忠の墓がある。壇ノ浦のたたかいで敗れ、捕らわれの身となり、能登国に流された。その娘を義経の側室にしたとの伝承もある。主従十数人とともに小舟でただよっていたところ、烏が一行を導いて、とある入江に辿り着いた。時忠はその地が京の東山の大谷に似ているとて、大谷と名付け、入江に注ぐ川を烏にちなみ烏川と呼んだという。時忠の墓および一族の五輪の墓は今も苔むして県指定史跡としてこの奥にあるのだった。

全国各地の山間にある平家落人の村と伝える所は、伝承よりほかには物証などみんなこしらえるものなので、はればれと落人伝説を語りつつ生きている。けれども、烏川の山の中に館を構えて、世をはかなみ暮らした正二位権大納言時忠が、文治五年二月六十歳で没す、となれば、落人もロマンから遠くなる。その末裔の家々も、めったなことでは逃れがたくもなり、伝承は重たい日常の規範ともなっていく。まして遠からぬ所に、時忠の嫡子平時国が、姓を時国と改めて一家を成したと伝え、七百数十年のあいだ奥能登に土着武家ふうに十村として支配し続けると、落人伝承はおのずと閉鎖社会を築き上げる。ふらりと訪れる旅の者の、とりつくしまのない生活規範が、久しい間続いていたことだろう。伝承は流れぬ水のように史蹟のまわりにあった思いがして、新鮮な民話がまた新たに生まれるように、と思ったりする。

坂の上の珠洲市立西部小学校はちょうど休み時間だった。運動場は雪どけの水なのだろう、一面に赤茶けた泥土になっていた。山をけずって建てられたか、運動場の片側は山の木立が茂り、片方は崖になり坂下の川に沿って低く民家の屋根が見えた。

どうしたの、と顔を出した夕有ちゃんに、さよならを言う。そして、立去るつもりがさそわれて、教頭先生に従い屋上に行った。コンクリートの屋上は乾いていた。海が眺められた。海岸線が遠くの岬へとかすんでいる。

教頭の丹保栄作先生が、あの沖のほうに島が見えますが、七ツ島と言って輪島の管轄になります、と言われた。煙るように点在している。

「七ツ島と輪島間の距離とほぼ同じくらいの距離で、沖合に、舳倉島がありますのですが、それは見えません。ここからは七ツ島のずっと右手沖合になるわけですね」

「右手に当りますか。静かな海ですけど潮鳴りがひびきますね」

私は遥か沖合からうねるように伝わってくる潮鳴りの大きさに驚いた。

眼下の車道沿いに数軒の家が見え、浜に人が出ている。

「生徒さんの家庭は漁業ですか」

「漁業で生計を立てているといえるほどのものではありませんね。兼業が多いです。

あそこに岬が見えますね、そのもう一つ先にかすんでいますのが高屋です。そのまた先は木ノ浦。ここの小学校の児童は東は高屋から、西は曽々木の手前の真浦までの子どもです。九キロぐらいの所から通う子がいます。

山のほうは、あの白い山、雪をかぶっていますね。あの白い山の麓になりますが、則貞という土地があって、そこに平時忠の墓といわれる墓があります。そこを過ぎて川に沿ってずっと上流から生徒が来ます。

一番遠い所では、もっとこちらの白い山、あの白く見える所に角間。別の谷沿いに外山、西谷、コブナ山などという集落があり、そこから生徒が来ます」

「はあ……あんな遠くの山ですか」

「そこはバスが通っておりません」

「はあ」

「冬でも自分の足で歩いて参ります」

「そうですか」

「高屋のすこし手前から山の中へ、笹波という所がありますが、そこの子どもたちも、停留所まではバスに乗りますが、その先は山の中へ歩かなければなりません。これが遠いのです。ほんとに、よくやって来ます」

「雪が積もっていますのでしょうね」

「はあ。昔は子どもが多かったのでよかったのですが。今は一人っ子が多いし集落には家はすくないし、朝、雪踏みをする人が足りません。以前は朝雪を踏み固めて子どもが通る道を作ったんです。人通りのある所まで。そうやってみんなで子どもを学校へ出してくれたんですが、今それをやろうにも人がほとんどいないんですよ」

「そうでしょうねえ、今は炭焼きもいらなくなったでしょうし、伐採もあまりありませんでしょうし……」

「雪が深くて来れない時は電話をして来ますものですから、無理しても危いので出席停止にします」

「山道は谷沿いですか」

「はい。舗装されておりませんので、崩れますね」

「あの白い山の中ですか。ご家庭は山林の仕事でしょうか」

「山林の仕事といいましても、炭焼きがありませんのでこちらに建築土木などの仕事に出て来ますすねえ」

「そんな仕事はございますか」

「はい、それはあります。何軒かの土建屋さんがありますから」

山を仰いでいる後から、潮鳴りが押し寄せて遠く高く山へのぼっていく。

塚本さんが丹保先生に、外山の道は今日車が通れるでしょうか、と問い、先生が、郵便局に聞くとわかります聞いてみましょう、と答えた。

丹保先生は靴下なしの、はだしだった。

「子供たちに体力づくりをさせているものですからわたしもこうして。もうなれました」

雪の山道を一時間あまりも歩いて登校下校する子を思われるのだろう。強い心と体力がその子らに育っていきますようにと、私も願う思いになる。

大谷から峠を越して飯田の町まで国道がある。が、その道を行くよりも、と、塚本さんは郵便局の返答を待って、車を角間川沿いに走らせた。大谷は落着いた集落だが、山道へ入ると雪は根雪となってしっかり積もっている。谷の水は澄み通って速い。泥と石との道である。谷水で木の根が洗われて倒れていたりする。春になれば工事でもあろうかと思い、深い雪の日は路肩はわかるまいと曲り行く道に思う。ぽつりと民家が望める。

山の木は椎の木が多い。谷に別かれ山に入りますます雪が多くなる。海岸の集落とは一変した雪との暮らしがはじまる。小集落がある。空気はあたたかく感ずる。すこしばかりの段々畠。家の屋根が急勾配である。中で火を燃やすので瓦屋根を雪はすべり落ちる。ここから小学生が通うのだった。

すごい下り坂があった。杉山。

山道がやや広くなり、アスナロの山林が続く。

「ここが黒丸です」

　塚本さんが言った。

　ちいさな集落が山の中にある。木立を通して川の向こうにも小集落がのぞめる。

「黒丸の黒丸さんという家がこのあたりのおやっさんで。おやっさんはまあ地元の肝煎のようなもので、なんでも行事などおやっさんが世話頭になります。いろんなことを相談しながら暮らして来たんですねえ。村のことはどこもおやっさんの言うとおりにほとんどのことが運ばれていました。

　ここが小学校」

　車の窓から積雪の中に平屋が見えた。道は南へ向かい出して、雪は積もっているが盆地ふうのやすらぎがある。

「どこかこのあたりだったがなあ」

　塚本さんがつぶやいた。

「何か……」

「いえ、自宅学習とか言ってですね、ふつうの民家に三人くらい子どもが集まるんです。雪が深いから学校へ行けませんから。たしかこのあたり……」

「自習するのですか」

「いえ、そこの家に先生が住んでるとか。先生の子どももいて、夫婦で教えたり」

「時間表などもあるのかしら」

民家は見えない。

「時間表もちゃんとあります、分校の分教場のようなものですね。バスも車も走れない道はいくらもありますから。

父親は出稼ぎに行って。

適当な施設もありませんから一軒の家に二、三人の子どもが集まっていて先生が教えるんですね。雪がとける頃まで」

「なるほどねえ。かなり積もってますねえ。ここは……」

「かなりだなあ。

ここの奥にも家があるんですよ」

「おいでになったこと、ありますか」

「ええ。檀家ですから」

山に積もった雪でその奥は見えないのだ。

「出稼ぎはどこが多いのでしょうね、以前は紡績が多かったですよね」

「今でもそうですよ。紡績ですね」

「女の方でしょう」

「男も女も関西の紡績がやはり多いですね、人脈などありますし」

谷間でも行くように両側に雪をかむった山がある。

「ここもみんな珠洲市ですか」

「そうです」

市街地ふうに家屋が多くなる。私は能登瓦の工場に寄ってもらった。ストーヴのあるプレハブの事務所に、人影がなかった。工場の大きな建物もしんとしていた。トラックが二台、今着いたばかりのように土盛りのそばに台座を上げて止まっていた。工場の屋根からぽとぽとと絶え間なく雪どけ水がしたたり落ちた。

山も海辺も能登の民家の屋根はどっしりと美くしい。瓦に釉薬を幾度も塗って雪に耐えるように、また、雪が滑るように作ってあるからだと地元の人は言う。が、それよりも屋根瓦の下に、厚い土盛りの層がある。まるで藁屋根や茅葺きの屋根を見るように、屋根はたっぷりと厚手なのだ。黒い瓦のその下に、白くしっくいが土造づくりのようだ。南の地方の光線ではしらけてしまうだろうそのぽってりした屋根づくりが、いかにもシンプルである。安らぎを与えてくれる。私は近年の新建材の家々の、板の上に色彩豊かな陶器瓦を並べてあるきりの、薄い屋根を思い浮かべては、能登にはまだそれは見ないのを、雪よりも人びとの気質のせいだろうと思ったりする。能登瓦の工場で緑や青やオレンジ色のつやつやする瓦を焼く日がくるだろうか。能登では備前瓦に似た、きらりと光った濃い茶の瓦を焼いているのを車窓から見た。その瓦で葺いた家もあった。白壁に落ち着きわるく乗っていた。

能登の建造物の色調は今は白と黒のシンプルなものだ。それはどのあたりの家々から変っていくだろうか。有料道路に沿ったドライヴインからか。市町村の新庁舎からか。それとも住宅産業の全国画一的な販売網を通してだろうか。それは同じ石川県でも加賀平野にはすでに散在していた。

飯田の町で昼食をとり、ここまで送ってくださった塚本真如さんと別れる。珠洲駅のホームに立つと風がひんやりした。

動き出したディーゼルカーから、日射しの中に立ってこちらを向いている塚本さんが見えた。

残雪がところどころにあり、沿線に弱光がただよう。能登線はわずかな客を乗せ、内浦を南下した。

第九章　お山祭り　内浦・能都町

内浦の、入江や小さな駅は、薄陽の中に霧にまかれたようにやわらかに続いていた。列車は短いトンネルに幾度も入り、草群に車体をふれさせつつホームに止まる。車窓から眺める海は民家の屋根越しに、子どもの画のようにかわいい。能登小木、小浦、羽根と駅名も抒情的で、残雪も薄陽も夢の中のようにうっすらとしているのである。なるほど外浦とはすっかり様子がちがう。

列車の中には高校生の男の子が五、六人、トランプをしていたが、相継いでひっそりとした駅に降りて行った。それは藤波、波並《はなみ》、矢波と、渚を洗う波さながらの名をもつ小漁港だった。降りてすたすたと去って行く黒い学生服と、ぺしゃんこのカバンが心に残った。

忘れていた古い歌が思い出された。それはたしか万葉集の。

家にてもたゆとう命波の上に思いしおれば奥処《おくか》知らずも

ことことと走るディーゼルカーから海を見ていると、家にてもたゆとう命、と歌った古代の人のように、私もまた、家にいて幾度となく生の不安にただようたことを思い出す。あの朝夕の感触がよみがえる。

波の上に思いしおれば奥処知らずも、とは、なんとも心憎い。誰が生死の奥処を知っていよう。知らねばこそ旅にも出たくなる。ゆきずりの人のしぐさが心に滲む。

能登線で辿る内浦の、富山湾の海はこの午後、無時間世界のように静かである。日射しも消えてしまった。

どこで泊まるとも決めていなかった私は、とある村で明日数軒の人の内輪の神事があると聞き、その近くで降りる。鵜川《うかわ》だった。

そこはトンネルを出てすぐに駅であった。駅は小雨になっていた。ホームの線路のそばに山の草が茂り、そのまま杉や雑木の山の傾面になっている。傘をひろげて暗いトンネルを見つめる。列車が去ってレールがたちまち濡れた。

駅の前に刈り田とその先に低い山があり、旅館などのけはいがない。駅員に宿の世話を願い迎えの車を待つ。駅のベンチで男の高校生二人が、ここでも静かにトランプをしていた。しばし勝負して連れ立って帰る。

「下りはもう出ましたかあ」

中学生の女の子が二人やってきて窓口でたずねた。

「下り？　あんたら時計ないの？」

二人がくすくす笑う。

「やっぱりおくれたんや」

「ええわ」

ベンチで英語の本をひろげた。

「いま試験中？」

私は問うた。

「はい。あした英語。

まだ、一時間あるから学校に戻ろうか」

うん、学校に行こ、と肩からの提げカバンに本をいれて出て行く。残雪の田の中にモルタル二階建の中学校が見える。駅から五、六分の所だった。

案内された民宿は海岸に沿っている集落の中の、納戸造りの宿だった。網元の家を買って民宿に中を改造したとか、この日シーズンオフを利用して炊事場あたりに大工が入っていた。

きしむ階段を上って二階の部屋に落着く。

窓から入江が見えて、かもめが舞っていた。

こたつに入ってぼんやりとする。

かもめが窓に近寄りふわりと去る。


眠るともなく、ぼうとして思う。

鵜川か、ここは……と。

鵜島、宇出津《うしつ》、鵜川、宇加川《うかがわ》……内浦にも鵜の鳥にちなんだ地名は多いなと思う。羽咋の気多神社の神事も暁の空に鵜を放つのだ。若狭の小浜の鵜の瀬が思い出される。そこは山あいの川のせせらぎだった。毎年奈良の東大寺にある二月堂のお水取りの神事の前に、ここでお水送りの神事が行われる。鵜の瀬の水が地下をくぐって東大寺へ流れていると信ぜられているのだった。鵜の瀬の山は椿の原生林だった。そこを訪れた日も雨だった。が、あの日よりも今日は寒い。

でも、なぜ鵜の鳥なのだろう。

なぜそれに特別心を寄せたろう。ほかにいくらも鳥はいるのに。

かもめが窓硝子に当らんばかりに近く飛ぶ。

白い鳥はどこか不安で愛せなかったのかな。雉《きじ》、鹿、馬、蛇などの白いものは瑞兆としたが、などと鵜川の宿で思うことはたあいない。烏川ではないけれど、中世の頃まで烏はやはり神の化身のように好まれている。

巧みに潜水して魚をとる鵜の鳥や、まっくろな烏に呪力でも感じながら、私ら日本人は不安な心を托して来たのだろう。そして今日この頃白いかもめに抒情を托すか。防波堤に時折低いしぶきが上がった。

階下で木をけずる人の話し声がする。

私は傘を持って階段を下りて行った。

ぶらりと入江へ行く。

防波堤の内はもとより、その外側も海は灰色のまま白波を見ない。沿岸の石垣に沿ってぶらぶら歩いた。どうやらここは民家の裏口が続くらしい。溝をとび、猫に驚き、流木や洗剤の容器を踏みこえ、しばらく海を見つつ行くと民家が絶えた。

この先の集落は古君《ふるきみ》だという。その地名を聞いて、やはりね、という感じになる。鵜にちなむ古代の信仰圏を思う。

ところで、その古君の明泉寺に重要文化財の五重塔をはじめ多くの石像があり、大日如来像は古代朝鮮の新羅の都・慶州の仏国寺のものと同じだと知り、え！　と驚く。鵜の瀬のお水送りの神事が行われる川にも、新羅からの渡来を伝える社があった。

歴史の積み重なりはおもしろいものだと思う。どうやら古君は若狭の小浜と似て、中世の頃まで港を通して国外の文化も入り、寺社も多い小京都ふうな町であったらしい。その明泉寺の五輪塔の下から、珠洲焼の壺も出土し、同寺に所蔵されているとのこと。すでに夕暮れていく鵜川のはずれで心惜しむ思いが湧く。

私は今来た海辺を表通りへまわった。連子窓のある表通りの道は、旧街道を思わせるたたずまいである。どてらを羽織った中年の男が、不審げに私を見た。この通りの中ほどに、港からまっすぐ参道があり、菅原神社。境内で四、五人の子どもが遊んでいた。

参道を横切って川口へ行く。商店が数軒。大きな寺。土蔵造りの旧網元の家がいくつかある。昔はもっと網元の家は多かったし、もっと大きな造りであったという。土蔵造りというのか、納戸造りというのか、その外壁は四、五十センチほどの厚さの土壁で、上からしっかりとしっくいが塗ってある。入口の扉も厚い。二階の窓も下の窓もがっしりと木組が入っていて、かつての網元の繁華がしのばれる。網元は北海のニシン漁へも子方を連れて出たろうか。土壁もこぼれかけて静かな家に目をやる。地元の人は、ふっと複雑な顔をした。

「わたし方もあのような造りじゃったけど、今はねえ、不便でえ。もう建て替えた」

昔日をしのばせるその家は、家族もおいおいと都市へ出て行き、広すぎる家に残された人が暮らすとのことであった。

漁船がつぎつぎに川口をさかのぼって入り、連らなって舫う。明日は風が吹くので川にいれるのだとのこと。海は暮れた。二階の窓に干しイワシを下げている家々に灯がともる。灯台が光る。

夜半、雨が強くなった。

鵜川は鳳至《ふげし》郡能都町鵜川で、私が訪れてみようと思っている同じ町の神道《じんどう》のお山祭りについて、鵜川の人は何も知らなかった。私も予備知識もなく訪れようとしていた。

「神道はたしか瑞穂《みずほ》だな」

鵜川の駅でたずねた時は駅員二人が互いにたずね合ってそう言った。かつて瑞穂村神道といったのだろうか。

雨の中をタクシーで出かける。

運転手が、あ、あそこは柿生《かきお》だあ、と言った。若い人だった。

「山の石仏祭りでしょ。石を拝むのでしょうが。あそこ、このごろマスコミで宣伝するもの」

「宣伝しているのですか」

「テレビで放送したよ。去年だったたか。

あそこより鵜川の祭りはたいしたもんですよ。鵜川の祭りを見ればいいのに」

「菅原神社の？　境内に書いてあったわ、お祭りのことが」

「すごいですよ、全国でもあんなのはめずらしいって観光客も多いですよ。十一月の七日だから、こんどはぜひ鵜川の祭りを見てくれなきゃあ。あれはね、いどり祭りって、悪口言い合うんですよ。民俗学っていうの、学問的にも特色がある祭りだそうですよ」

山田川沿いに走らせつつ言う。車は駅の近くを線路を踏み渡って山手へ走って行った。地区の公民館長であり、中学校長であり、運転青年の中学校時代の恩師だという前田貞一さんの家に車は止まった。突然の訪問を詫びて地元に伝わるお山祭りの話をうかがう。

ここ神道は山を背に、山田川沿いに田を作る、戸数二十二戸の集落だった。お山祭りはおよそ六百年ほどの昔から伝わっている地元の神事で、裏山の自然石の前で二十二軒の戸主たちが祈念する。毎年三月一日に宵祭りをし、二日に山に登る。下山して直会《なおらい》の宴を持つ。

「祭りの特別の呼び名はありません」

いろり端で前田さんが話された。

どこか言いよどむような表情がただよっていたのは、今日正午前にふれ太鼓が村をまわってから山へ登るのだが、この神事は女人禁制なのだった。

私は言った。

「私の住んでいます福岡県に宗像大社がありますが、その奥の院は玄界灘の孤島で、ここも女人禁制なのです。沖縄の久高島などの神事は男性禁制ですから学者たちも神事に加わるのはさしひかえておられますし、タブーは尊重しておきたいと思いますわ」

「はあ、男性禁制の祭りもありますか」

　前田さんが微笑された。その安堵の表情を私は見ていた。

「古くは祭りごとは女の役目でしたから、男性禁制が残っているのでしょう。沖縄の一部には古代祭祀がそのまま残っているので貴重だとうかがっています。でも、時間の問題でしょうけど」

「ここも神道の者は普断の日はけっして山へ入りません。女などは祭りの日にも入りません。それをこの頃はよその人が山菜つみとか観光とか平気で入りますから……」

「山に入ると不吉なことが起るといいませんか」

「ええ、まあ。女の人が昔、そこへ入って鬼になったとか……」

　私は対馬の豆酘《つつ》とか比田勝《ひたかつ》に戦後間もなく行った時、まだ聖域が地元の人の意識にありありと生きていて、その聖域を仰ぎながらつつましくタブーを語り聞かせてくれたことを思い出した。誰もおそれて足をふみいれぬ山の、裾野に数軒の家があった。豆酘は集落の中にタブーの地があった。

　が、あれから十年もせぬうちにすっかり様子はかわり、海辺の聖地は港と新興住宅地の中に消えていた。生の不安とか村の規範とかの変転の内容について、脈絡の途切れた小道が、きらきらする港の海面に浮いては消えるように思えた。

　私は前田さんにたずねた。

「地方によっては祭りの直会の料理なども厳格な定めがあって、材料作りから一切男の、それも定められた家の戸主だけでします所もあるようですが、ここはいかがでしょうか」

「うちでは食いごとの献立から酒の量まで昔からのきまりがあります。が、煮炊きは女がします。女がしますけど、食いごとの場には出て来ません。

　神道は戸数二十二戸ありますが、祭りの頭屋《とうや》は六軒です。その六軒の間で毎年頭屋送りや頭屋受けをして、祭りの世話をします。頭屋の家でご膳並べて食いごとをするわけです。

　昨年はうちが当りました」

　頭屋とは土地の祭礼などで氏族を代表して行事の当番をする家をいう。輪島その他でも頭屋制の祭事をいくつか聞いた。地元の草分けの家のようであった。宮座制に似ている。

「お祭りがあります山はなんという山でしょうか」

　和服の前田さんがいろりの火を起こしつつ、さあ、ここの者はただ山といっていまして、と言われた。

「お山、というだけで。祭りのありますのは大きな石の前です。三体あって、奥立は高さ四メートルありますから。幅も一メートルほど」

「三体の自然石でございますか」

「そうです」

お山祭りは石神信仰のようであった。

私はちいさな村祭りがあると聞いたばかりであったから、小社に幡などを立てて氏子たちが集う鎮守さまの祭りかと思っていたのであった。たまたま祭札の日に通るから立寄らせてもらおうと思って来たのだが、石神信仰と知っていっそうその機会にめぐまれたことをうれしく思った。周知のように、石に神霊の宿りを感じて祀る風習はすくなくない。いや、国中あまねくといっていいほどその名残りはある。けれどもそれはみな個人の信仰として名残りをとどめるにすぎない。が、それがここではまだ集落の核として共同祭祀をしていたのだった。

「地元の方ばかりでお祀りなさいますのでしょうか。それとも近郊の神官の方かどなたかがおいでになりますのですか」

「二キロ離れた所から神主さんがみえます。このあたりの村全部の神主さんですから」

「ああ……」

お山の石を石仏さんと呼ぶこともあるとのことだから神社庁の神官の参加とすれば、それは近代以降のことだろう。それ以前は、ひょっとすれば口能登の石動山信仰の影響下にあったのかもしれない、と思ったりする。山そのものが聖域のようだし、お山祭りが神仏混淆の修験者の影響下で行われるのは、かつては一般的だったから。

「表に大きな道が川沿いにございますがあれは……」

「国道二四九号線です。穴水へ行きますが、山の中を通って輪島へ向かう道と途中で会います。便利になりました」

「神道から出て行かれたり、新らしく入ってこられたりするお宅もぼつぼつございますか」

「ありますね。この祭りは昔からの家だけでします。みな大事な祭りにしていて、出稼ぎに行っていてもきっと帰って来ますね。それだけでも私はこの祭りのいみはあるんじゃないかと思っています。私個人は豊作祈願ではあるまいかと考てますが。でも、昔から伝わって来た祭りですから今の考えで云々してもですね」

「そうですね」

「一年にいっぺん二十二戸が顔をそろえて親しみが深まりますし。祭りの意義を問わずに素朴に続けていきたいと思っています」

太い柱と梁のお宅である。拭きこまれた部屋に大きな神棚があり、神棚には能登の民家で折々目にする垂れ紙がたらしてあった。

雨がしきりに降る。

かすかに太鼓の音がした。祭り囃子のようににぎやかなものではない。山へ信徒をさそう合図のふれ太鼓である。田の中を打ってまわると、家々から戸主が、ろうそく、マッチ、小豆飯の重箱などをさげて出て行く。私も外へ出てみた。細い山道を四、五人の男が思い思いに登って行った。

田の面に雨が降りしきる。私は山へ行く信徒を見送り、川に沿って歩いた。穴水町へ行く国道のその片端を風呂敷包みを背に負った老人が、うつむきながら歩いて行く。黒い傘を傾けて。

家々は山裾に並んでいたり、川向こうに点在したりしている。長沓をはいて片手にちいさな包みを提げ、すこしおくれた人が山へ向かう。

集落二十二戸のほとんどが田畠の仕事にかかわり、田仕事がなりわいの中心であった暮らしだからこそ今日までお山祭りは続いたろう。が、いつまでこの田が続くだろうと、落着いた山あいの風情を見まわす。かつては宮田の収穫で頭屋渡しの宴なども行っていたが、今は宮田に杉を植えたと聞いた。宮田の仕事が全員で行いがたくなったのだろう。

私は村の中を歩いてから前田さんのお宅で石神の祭りが終るのを待った。夫人が去年放映したという神事のビデオを見せてくださった。山肌に立つ石の前にしゃがんで手を合わせている人びとが映っていた。石のかたわらの湧き水を手に受けて目にぴたぴたと当てている人もいた。眼病が治るという。

私は思い出してたずねた。

「このあたりもかぶらずしを作りますか」

と。

より風土を鮮やかに感じとりたかったのだった。

「作ります。かぶは畠で作るもんでえ、魚だけ二本くらい買って来て作るのやわ。ふだんはサバなんかで作って、食べてしまったらまた作ってえ」

「みなさんお作りになるのですね。おいしいものですね、あれは」

「金沢のかぶらずしと言ってえ、昔はこのあたりは作らなかったでしょう。

ここはアジすしを作ります、夏。

小アジのゼイゴをとってえ、頭つきのまま、目の玉と腹ととって、塩漬け二日します。そして塩さっと洗って、炊きたてのご飯に塩と酢をちょっとふったのを腹につめて。

それを桶にきちんと並べます。何段も。上から人参や山椒の実なんかのせて。おもしをしっかりして三カ月くらい漬けます」

「三カ月もですか」

「五月に作って八月のお盆に食べます。アジすしはお盆の料理ですね。墓参りの客も来ますから。あれ、おもしが軽いとだめになります」

ゆったりとすしがかもされるのだ。人びとは墓参に帰ってくる。山椒の実もきっと庭先に実るのだろうと思った。

弥生の山に降る雨を思いつつ鵜川駅から列車に乗った。雨は小雪になった。トンネルが多い。短いトンネルと、小山と小山がくっついたような隙間を、ディーゼルカーが入ったり出たりする。

乗客の無頓着な大きな声。四、五人の女と一人の子が大きな握りめしを食べあっている。

「おいしいわあ」

おいしそう。

握りめしもアジすしもそのうちスーパーなどで売られるようになるだろうか、ここも。農村にはビニールハウスがきらめくようになるだろうか。

野も丘陵も一面にぴかぴかと陽にかがやくハウス栽培の村が、脳裡をよぎる。その地域を列車や車で行けば、整然と並んだ工場の屋根のようなハウスが切れ目もなく続くことに、圧倒される。農村風景とは今日ではこの姿のことなのだと、次第に声を失っていく。多くの思いが去来する。

もしこの能登の内浦も京阪神あたりの野菜の供給地になっていくとすれば、神道のお山祭りのような集落のありようも、その基盤を失っていくだろう。流通機構はここにも進展しつつあって、半島を縦断する有料道路も北端まですすむだろうから、物心両面にわたった交流の範囲はひろがる。情報に対して受け身ではなく、防衛ふうではなく、能登の生き方を能動的に他方面に伝えることができるようになるのだが。

私は小雪になった内浦の田畠を今は貴重な風景といえると思いつつ眺めながら、思うともなく他の町村を思っていた。今日この頃能登のように古典的な山野をもつ地域がどれほどあろう。大きなおむすびを持って、わずか二十分あまりの列車に乗る三十代が一体どのくらいいるだろう。「おいしいわ」「これもほら、おいしいわね」、食べ終ったら降りて行った。食堂もスーパーもない海辺へ笑いながら降りて行くのを見送った。握りめしなど今はどこにでも売っていると、そのことにあきあきしている目に、つくづくと見送られる。

能登半島を訪れて心に滲むのは、人の暮らしと自然との調和である。神道のお山祭りの話を聞いたが、石神信仰のはじまりの頃は、自然は人間と調和してくれないおそろしい対象だった。山はうかつに踏みこめばしばしば命を落とした。野も夕暮れると天狗のものであった。海もまた女をタブーとして船出する荒れ狂う神の領域であった。

人びとは久しい歳月を恐怖を道連れにしつつ懸命にたたかって来たのだ。未知で、残酷な自然を相手に。そして心の目をも養った。

やがて飢えをすこしずつ乗り越え、わらびやたけのこを愛し、自然のふところを知って来た。二十年ほど前に私が能登半島の農業を聞きかじった頃は、そこにはあえのことという田の神信仰の家の行事があった。戸主が収穫ののちの田から田の神をおんぶして家にお連れする素朴な信仰の行事だった。そして、田の神信仰は様式こそちがえ全国の村にあったのだ。そのようにしながら自然と心を通わせることに成功して来たのだった。

そこにとどまっていることなど人間には無理なのだろう。知的好奇心の方向づけを、人びとは文明に内在させることができるものなのか、どうか。科学技術は飛躍した。

能登でも金沢近郊でも「土つくりの村」と書いた白い杭が地面に打ちこんであるのを見た。

土つくりは今はたいへん困難な仕事になっているのだが、こんな杭を立てて大丈夫なのか。それはキャッチフレーズではすすまぬ大事業で、一貫した文明観なしには達成しない。それほど昨今は、土の生産性を無視した農法が滲透してしまっている。同時に農薬による食物汚染は田畠ばかりでなく、山の清水にも及んだ。山林散布の農薬によって。土つくりは過去の農法の温存だけでは間にあわなくなっているのだが。

能登の旅へ出る直前のこと、私はとある有機肥料の生産会社の人と、その肥料で米と野菜を作っている人びとの、訪問を受けた。私の短文を彼らの農作物の販売店で使わせてほしいとの来意だった。その折いただいた有機肥料で作った大根もキャベツも、まるで味がちがっていた。自然がもたらす味はこんなに甘いものだったのかと、あらためて思ったことだった。

訪問者が使わせてほしいといわれた私の短文は「恐怖のトマト」というものだった。これにはあるビニールハウス栽培の一拠点である地方の農協に、友人をたずねた話を書いていた。夕食のデザートの果物を食べようとすると、友人が、やめなさい、ととめた。「農薬漬けだから食べないほうがいい。ハウス栽培のものはよしなさい」

現場の専門家がとめたのだった。

私はそれを「恐怖のトマト」に書いた。別にトマトだったわけではない。トマトも作っているし、イチゴもメロンもブドウもミカンもハウスで作り、リンゴに手を染めていた。季節も地域差ものり越えていたのだ。作業の八時間体制もできたし、食べられる農業つまりサラリーマン並の収入も越えていた。

が、その作物は自然栽培ではない。ハウスの中で実を結ばせるにはホルモン剤を使い、化学肥料のつみかさねの結果生産性を失った土のかわりに、農薬水による栽培となった。夜は石油ストーヴを燃やす。酸素や炭酸ガスの調節と補給をする。そして出来上った品を指導者が食べるにためらう。

私の記憶に、「有機肥料を使わない清潔な野菜。近代農法による虫のつかない健康作物」という、戦後十余年頃の新しい農業の導入がある。その当時台所をあずかる女たちは、ほっと安堵して、すがすがしくそれを迎えた。それは同時に、かつての農業の、絶え間のない労働からの解放でもあったし、台所にも化学調味料から加工食品、インスタント食品等々をもたらす食品基盤となるものでもあった。

かつて私など農を知らぬ子どもは、有機肥料の匂いを、田舎香水と呼んでいた。土つくりのために各農家が、刈った草に糞尿と土をまぜて発酵させ、幾度も切りかえし、田畠に加える。その堆肥の苦労さえ知らぬ私らは、土は化学肥料でも永遠に土の生産性を保つと信じ、古い農法を捨てた。農道を埋めた。下水道を作った。また、ハウス栽培は普及した。そして今、深刻な情況になってきている。

病虫害の駆除の薬品散布を手びかえつつ、土の生産性を回復させるための、有機肥料の開発はまだまだ手つかずといっていい。それは農業者の篤志にゆだね、古い農法を引き出してくるような苦労を負わせながら、まるで趣味の園芸ふうに起っているばかりである。以前から農業を続けている人びとの中には、化学肥料、人工乾燥、ハウス栽培などの作物の、人体へ及ぼす影響とその味の天然に及ばぬことも知っていて、自家用に旧農法を守っている人たちもいる。

こうした農業のありようは、農業だけが辿った道ではない。もう日本には専業農家はどれほどもいない。また農業は農業単独の方針で生産することはむずかしい。流通機構の上にも保護政策はとりがたくなる。私のような全くの消費者は、玉葱ひとつを手にとって、それが世界のどこの誰が作ったのかはもとより、それが地面の上で生まれたか否かさえ、わからない。そうであるのに、まだ、有機肥料ではぐくまれた作物として分析された栄養価をよりどころに、家族の日々の健康をと、心をくだくのだ。

現代文明のすべての分野が噛み合って、そして今日の日本の土の情況は生まれているのだ。「土つくりの村」というキャッチフレーズは、よほどの見識なしには、そしてたたかう意志なしには、標語とはしえない現代の一大方向性である。

それはビニールハウスなしの田園調に対する、時代錯誤ふうなうたい文句として、この北陸の水光る田に立っているとは思えない。それは去年の旅の時も立っていた。

「この立札、どういうことですか」

私はたずねてみずにはおれなかった。

「県庁のポーズですよ」

地元の人は、そう見ている人が多かった。

しかし、ポーズでもいいと言おう。そのポーズが必要なことを、同時代に生きている私たちは、文明への怖れとして内にこもらせているからこそ、立っている。が、それがポーズではすまされなくなって来ている。

海つくりも勿論である。

能登の外浦に原子力発電所の建設案が出ていると聞いた。土つくりとは関係なさそうにみえる。けれども自然の浄化作用にゆだねることが不可能な廃棄物が出る。さしあたっての処理でのがれるだけの目先の安全性で、今日まで来ている。が、自然と調和した生活は基本的にこわれてしまう。

それは生命科学が自然生殖を越えてしまったように、天然のままの自然と人間との関係が、文化の基盤であった時代が終ったことを告げるだろう。能登といえど時の流れと無縁ではない。それまで体験したことのなかった世界に足を踏みいれていくだろう。かつての規範では律しきれない自動作用が生存条件の一端に入りこんでいるのだから。

それでも、能登の、まだ荒れていない暮らしと自然とのありようの中を歩くと、できることなら、この関係を未来に生かせないものかと思う。過去のままではなく、混迷期の内省のために、懸命に自然と対応してきたこの半島のすがしさを、明日へ向かって生かす道はないものか。

乗客は連れ立って降り、また乗りこんだ。

気温が上がってきたのか、列車から眺めている低い丘や狭い田の上に積もっている雪から、蒸気がのぼる。

それは霧とも靄ともつかずやわらかな煙となって、雪野の上一面をおおった。なんというやさしげな風情だろう。雪が洩らす溜息のようで、私は思わず窓硝子に寄り、しげしげと見惚れる。丘も消えた。田も薄れた。木立も淡い線となった。

車内の人は誰も眺めようとはしない。これがいつもの早春なのだろう。そして、いつまで続く野の風情か。蒸気の中に草も家も消えた。

能登早春紀行　あとがき

旅とは日常性を離れることだと、一般に言われ、私もまたそうだとも思う。が、心の底では、不安な日常性を確かなものにしたくて、私は追われるように出かけているのだと知っている。旅をしなくともいい心境を得たいと、かすかに思うようになって来たから、私もいささかは自分の日常意識に自信めいたものを得てきたのかもしれない。

こんな私だから、日本以外の所へ行ってみたい、とか、名所を歩きたいというようなものではないのである。他人にとっては面白くもない、庶民の生活の小道を、ふらふら歩かねば血が薄れるような、自分に対する根源的なかなしみがある。この私にとって能登は、やさしい土地だった。どこを歩くというあてもなく出かけたが、帰ってみて、訪れたかったいろり端に、私は結構立ち寄っていていくばくかのぬくもりを受けて来たことに気がついている。

旅先でお世話になった方々に、心からお礼を申し上げたい。ふしぎなことに、私は生まれてはじめて、居間のいろり端で茶を飲んでくつろぎ、食事をいただいたのに、それを初めてとものめずらしいとも思わずゆったりとさせていただいたのだった。ありがとうございました。

写真をそえてくださった廣田治雄さんは富山の出身で、能登とのなじみも深い。私の旅ごころとはまた異った視点があり、その風土の一面を伝えてくる。編集のお世話をしてくださった北嶋廣敏さんともども、お礼を申し上げます。

一九八三年七月　七夕の日

森崎和江

第二部　津軽海峡を越えて

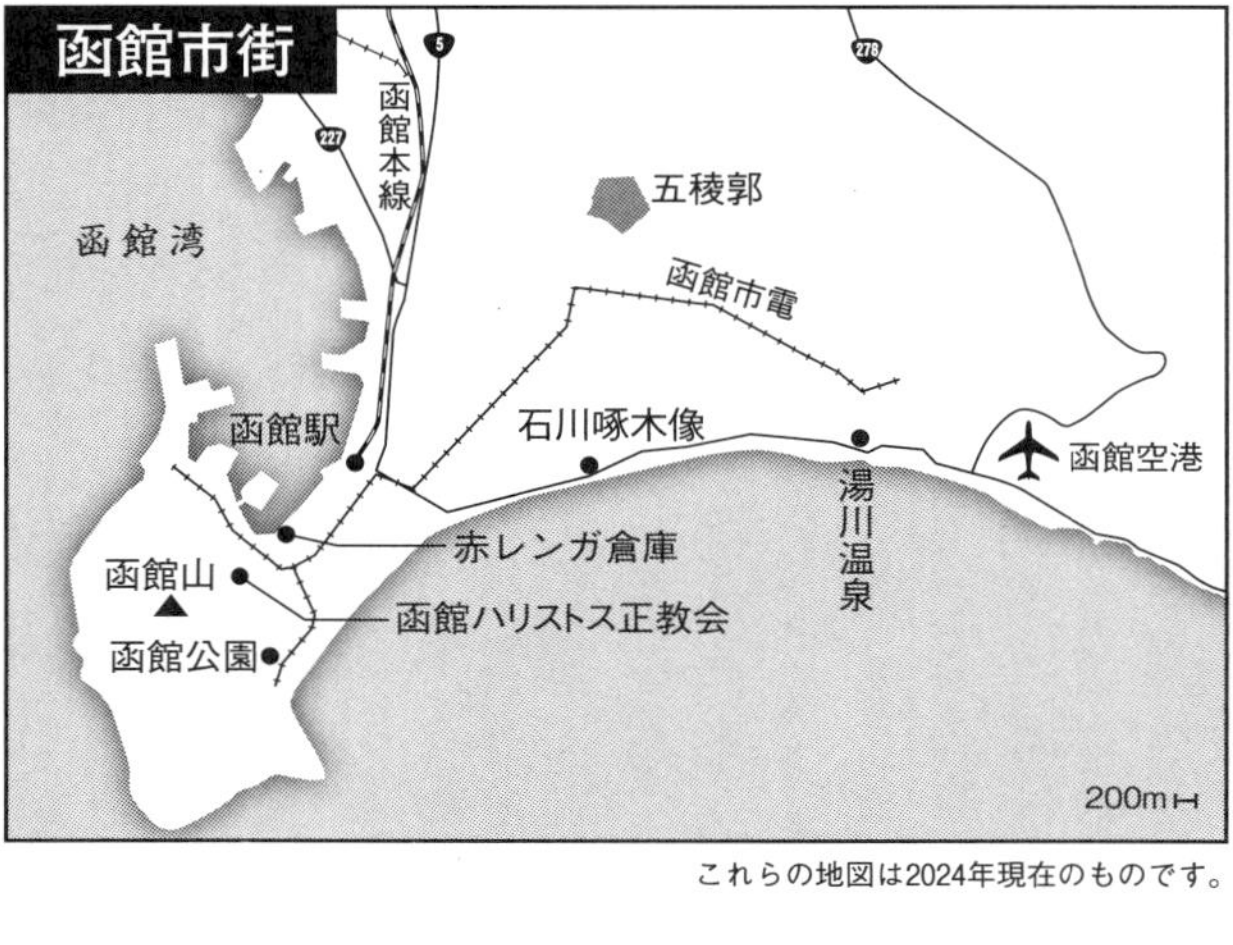

これらの地図は2024年現在のものです。

第一章　津軽海峡

一

九月なかばのこと、青函連絡船で北海道へむかう私は、待合室のドアを押して一瞬立ちどまった。待合室の中はしんとして、風呂敷包を傍に置いた男とモンペの上から厚い布地の前掛をしめた行商ふうの女が、煙草を吸っているきりだった。私は打ち水のしてあるコンクリートの床を歩き、顔を布でくるんでいる行商の女の横に腰掛けた。

昨夜まで泊っていた津軽の村が思い出された。村はどこも静かだった。刈入れも終っていた。どこへ行っても北海道の話が出た。北海道へ行ってかまど立てた、とか、北海道にニシンが来なくなってからは樺太に行っていた、とか。北海道にここの村の分村があって親せきはみなむこうにいる、とか。今年も冬になる前に出稼ぎに行くのだ、とか。津軽は小泊あたりへ行くと海を越えてかすかに松前半島が眺められた。

私は北海道への旅をこれまで空路に頼っていた。九州から陸も海もひとっとびに越えて北海道に入ると、広大な自然が身にしみた。見渡すかぎり人家の見えない平原を車で走ると、ただそれだけで救われる気がした。札幌の市街地にも空間はひろがっていて、町をとりかこんでいる大地の香りがした。帯広や根室や旭川などは、ホテルの硝子窓を通して、平原や川が放つ呼吸がみしみしとしみてくるようだった。濃霧はほしいままに湿原をおおい、人が踏みこめない原野に水が光った。人間ばかりがこの世の主ではないのだと、素直な気持ちになったものだった。

空港には、そんな私のような観光客があふれている。北海道の自然にふれ、その中で営まれる町の暮らしに会いたい人びとである。

が、海はちがう。

海路にはなんとてんめんとからみついていたことだろう、生活に対する切々とした思いが。待合室で私はまた思い出していた。親の代に江差沖のニシンでかまどを立てたが、またニシンでかまどかえした、と話す人がいたことを。かまどを立てる、とは、生計の道を拓くことだろう。ニシン漁で成功し、そしてニシン漁で破産したというのだった。成功した時に、そのまま北海道に移住すればよかった、と言った。

乗船が始まった。おいおい増えていた乗客の大半は北海道でかまどを立てた人びとであるらしく、津軽なまりの挨拶が聞こえる。私は数日来の津軽の旅に疲れていたので、グリーンの船室で横になると、うとうとと眠った。浅い眠りの夢の中で、樺太は暮らしやすかったな、と言ったばあさまの声がした。

甲板に出て行った。波が静かだった。下北半島が遠くに長々と横たわっていた。船について来たのか、かもめが低く飛んだ。

函館着。船から上がると通路は駅につづいている。私が乗る予定の江差・松前行の改札口の前には、発車までまだ一時間あまりもあるというのに短い行列ができていた。新聞紙を敷いてうずくまっている。子どもが何かねだっている。潮やけした顔の大人たち。ズボン姿の中年の女。子を負っている男。老人。若者はいないなと思っていると、赤いシャツにジーパンをはいた青年がパーマネントの髪をもじゃもじゃさせてやって来た。やはり潮にやけた顔をしている。高校生がやって来る。

駅のそばの市場に干魚などが売られているのを見に行ったりしてから、私も乗客の列についた。行列は津軽の村びとのおっとりとしたふんいきともちがうし、遠くへ旅する人たちともちがう。共通した表情を浮かべて坐っている人びとに、どことなく世帯やつれが見える。何かをながいあいだ待ちつづけているような、はずまぬ心を感じて私はさみしかった。今越えて来た海峡のむこうで、人びとは幾度も燃え立つことを願いながら北海道へ渡っていたし、なおその思いはねばっこく残っていたから。

改札が始まると人びとはホームを一目散に走った。すぐ出発なのかと私もあわてて走り、四輌連結のディーゼルカーに乗り込んだ時はもう坐ることはできなかった。車輌がすくないのだった。

ベルが鳴った。

ごそっと乗客が減った。降りた人びとが窓に寄って、元気でな、またおいで、などと口ぐちに言う。孫を背中から降ろして老人も降りた。久しぶりに縁者を訪問した人たちと、その見送りの人だったのだ。めったに会うこともないのだろう、三時間そこらで終着駅というのに、感情は燃え上がる。しあわせそうに見えた。動き出した列車の窓から手を振っていた人たちが坐り直した。私も空いた席に坐った。私の横の椅子に中年の女が足を投げ出した。

幼児が泣きつづける。年寄りたちがしゃべりつづける。車内は炭坑町にでもむかうような、気取りのない熱気を帯びてきて私を驚かした。函館が遠くなった。

日本海は濃紺色にひろがって今日は波もない。船かげが見える。

北海道への旅が航空機中心となって、本州に近い渡島《おしま》半島は観光の対象から遠くなった。わけても松前半島は広い北海道の南端にこぶのようにくっついていて、北海道らしさとは縁がないように思われるので、この地方の観光客は多くはない様子である。私も津軽半島を知らずにいたなら、連絡船に乗ることも、江差・松前行のディーゼルカーにゆられることもなかったろう。ディーゼルカーは途中の木古内《きこない》で、江差行と松前行に別れた。私は松前へむかう。二輌つながってことことと海辺を行く。

きのうまで居た津軽半島は、町も村も薄墨で描いた絵のようなはかなさを感じさせた。それは生活の歴史が浅いということではなくて、生活のなかみは海のむこうの松前あたりに置いているのだというような、留守を守る女の微笑でもみている思いにさせられたのだった。

たとえば十三《とさ》の砂山という民謡がある。これは今は港もなくなっている十三湖《じゅうさんこ》のそばの村に残っている民謡だが、哀愁を帯びた美しい唄だ。その唄は、十三の砂山米ならよかろ西の弁財《べざい》衆にゃただ積ましょ、と歌う。日本海沿いのそのあたりは長い砂丘である。弁財船はずっと昔の船で、松前まで米を積んで行き、松前でコブ・サケ・ニシンなど当時は珍品だった産物を仕入れて上方へ運んだ船である。十三の砂山が米であったなら弁財船の船頭衆に積ませたのに、と歌ったように、米も材木も女も男も松前へ積み出されてこそ、かまどが立ったのだった。

その松前は本州では一般に知られていなかったが、弁財船が集まるようになった藩制期より、さらに昔、すでに中世には十三湖畔に城をかまえていた安東氏が渡っていたのだ。

だから津軽では早くから松前は周知の地域だった。

　こんなことが津軽からの旅の延長として松前線に乗った私によみがえる。松前は米が作れなかったのに、それでも松前藩を形作るほど、人びとも集まっていたし、経済力もあったのだった。北海の産物が珍重されたことと、ニシンが田の肥料として広く需要を持ち出したことに支えられたのだった。

　それらはもう過去も百年以上も昔のことである。そうであるのに、日本海沿岸には今も、津軽ばかりではなく、遠く北陸の方まで、海路による北海道への近親感は脈打っている。近代に入ってもニシンを追って出稼ぎをしていたのだ。

「北海道にニシンが来なくなったから樺太までニシン網建てに行ったよ」

　そう言ったのは明治四十一年生まれのばあさまだった。津軽ではばあさまのことを、あばと呼んでいた。ツヨあばが話した。

「誰も彼も北海道に行くけどよ、よろこんで行くわけでもないね。ニシンはバクチみたいなものだから。もうけて帰ってくるわけでもないし。けどね、まあ、旅に行くのよ」

　旅に行く、とは、働きに行くということである。

　海辺を走っていたディーゼルカーが岸を離れた。稲田があらわれた。黄金色をしている。自家消費米なのか。狭い田を北海道で目にすると、すこしつらくなる。ようやく米も作れるようになったのに、ここにも減反政策が及んでいるだろう。にぎやかにセーラー服の中学生たちが乗り込んできた。風景は、米もとれる消費地といった感じの商店街もある町となる。

が、すぐに、町も田も見えなくなった。山が迫る。

湯ノ里という静かな駅にとまった。通学生が降りた。

「湯ノ里とありますけれど、どこか近くに温泉が出るのですか」

私は六十歳をすこし過ぎたと見える女性に問うた。

「温泉がありますよ。よく入りに来ますよ。青函トンネルの工事の人やら……

でもこのごろはどうかねえ、工事の人もすくなくなったから」

「もう工事は終りましたか？」

「通じたのは通じたのですよね」

津軽半島の竜飛《たっぴ》岬から、この松前半島の福島町吉岡まで、海峡の底をトンネル工事がすすめられていた。が、その企画が立てられた当時と事情がかわって、本州と北海道とを新幹線で結ぶことは無理ということになった。

「人夫の人たちは奥さんも子どもたちも一緒に来て、にぎやかだったけれど。もうほとんど居なくなった。まだ出来上っていないのですけどね」

その人はさみしげな表情をかくさなかった。

私に、津軽の人びとが浮かんでしまう。今もなお、捨てきれぬ夢を海峡のむこうであるこの松前のあたりへ放っていた。ニシンも来なくなったし、いい仕事もないとわかっているのに、高まる水圧のごとく北へと思いが湧いていた。あの夢みる力との落差を、私はここに上陸してまだ二時間にならないのに、ひたひたと感じてつらい。

が、それでも乗客の減った座席で、十七、八歳の少年と、二つ三つ年下らしい少女とが、肩も脚も寄りそわせて袋から菓子をつまんで笑い合っている。どの地方ででも見かけるジーパンとセーター姿で。そのくったくのない様子がほほえましくて、学校をさぼったの、と声をかけたくなる。新しい明日を信じている表情は、それが幻影であるとしても、いいものだ。

千軒《せんげん》という駅にとまった。

すっかり山の中で、千軒簡易郵便局がホームのすぐ外に道路に沿って建っている。もう扉も窓も閉まっている前を、車輛から降りた人が通って行った。

千軒という地名はそうめずらしいものではない。そしてこの地名の多くは山中にある。鉱山に関係しているのだ。金銀銅鉄などの鉱脈が発見されると、掘りつくすまでは人家千軒の繁栄をみせるのでその名が生まれる。ここにも鉱山があったのだろう。

山は雑木山である。葉を落とした裸の木立が谷川沿いに倒れかかるように生えている。川を渡った。小集落がちらと見えてトンネルに入る。出たり入ったりする。車中の話し声は東北なまりである。でも東北で耳にした時のように、私に聞きとれないということはない。北海道には九州からも大勢の人が屯田兵として渡った。その初期の頃、全国各地から集まった人びとは、ことばが通じないので筆談で用を足したという。それほどにかつての生活圏は狭かったのだ。紫色の葛の花が木に巻きついて咲いている。

渡島福島の駅でほとんどの人が降りた。

車内に射しこむ光が弱くなる。

三、四歳の女の子がひとりでしきりに笑っている。座席の上に坐りこんで。若い父親がその横でだまって窓の外をみつめている。女の子はよそゆきの姿をしている。まだ夏の服で。白いシャツにピンクの半ズボンが新品である。白いソックスをはかせてもらい、まんがのついた運動靴をはいている。ソックスを引っぱりながら笑っている。

居眠りをしている作業服の男。するめを噛む太った女。客は数えるほどとなった。長いトンネルに入る。暗い中で時にちいさな灯が走る。列車は山の中に出た。低い木がまばらに生えている。笹が茂っている。またトンネル。

やがてすすきの山あいに日本海が見えそめた。傾いた陽にきらきら光っている。

なんというさみしい山がひろがっていることだろう。海へなだれるようにすすきが生えている。その山肌が線路沿いにつづく。日本海の風が吹きつけるので木は育たないのだろう。枯れたすすきの穂は、微風もないのか、しんととがって夕陽に光っている。ディーゼルカーは松前湾に入ったのだが、木のない山が谷になったり登ったりしているのだ。昔の人びとはこんな所に住んで城を築いたのか。平地は木古内近辺にひろがっていたのに。

農耕民の末らしく私はそんな反応を起こした。が、弁財船がこちらの海辺に集まったのも、松前に城を築いたのも、地上の富が目当てではなかったから、海上から木のない山々ばかりが視界に入ったとて、心細かろうはずもなかったのだ。渡島大沢の駅が無人駅のようにすすきの山裾にある。トタン屋根も錆びている。駅裏と山の麓に新築の家が数軒。まわり一面ゆるい草山である。大沢というからには山のくぼみは雨のあと水があふれるのだろう。沢は海になだれている。

夕陽が淡い。

車内の女の子が父親をゆさぶっている。若い父がだまっている。

海も凪いでいる。津軽半島が雲をいただいて水平線にかすんでいる。今日は津軽からもこちらはよく見えているだろうか。

これだけの海峡が本州の歴史と北海道とを久しく切り離していたのだった。かもめが群れて岩々にとまっている。ディーゼルカーの行手にちかちかと屋根が光る。漁村のように思う。夕陽へむかって二輛つづきの列車がゆれつつきしみつつ走る。

作業服の男が大きなあくびをして降りて行った。及部《およべ》だった。ややまとまった集落のようで及部川が海に注ぎ、川のそばに材木が集めてある。屋根屋根の寄りそう様子がやさしげに見える。ずいぶん遠くへ来た気がしてしまう。次が終点松前である。またすすきの山があり、寺の屋根が見え、そして海岸に沿って町並が見えてきた。松前藩当時の城下町である。

ごとりとディーゼルカーがとまった。電灯がともっている駅に高校生が列車を待っていた。駅は高台にあって坂道がとろとろと海辺へ下がっている。三時間近くかかった。今は午後の六時。はや夕闇が這っている。

坂を下った海岸沿いに旅館丹波屋があった。荷を置いて西のほうへ行ってみる。出来上がったばかりの新しい国道が海辺を走っていて、老女がひとり海を眺めていた。

「静かな夕暮れですね」

「ああ静かだ。それでも今日は津軽富士は見えなかった」

老女が答えた。

「津軽富士が見えるのですか」

「ああきれいだ。天気の日はきれいに見えるんだ。あれが一番高いもの」

津軽富士は岩木山のことである。小型だが富士のように姿が美しい。

「近いのですね、津軽は」

「近いんだ。けど、この海は荒海だ。

ほら、湾の東の端に灯がちらちらするしょ。あれ白神岬の灯台だ。海の上にもちかちかしているしょ。あれ、竜飛岬の灯台の灯だ。

西のほうに、ほれ、漁港の灯台。あれは弁天島灯台だ。あれ出来て船は楽になったんだ。あそこ、漁港だ」

「ご主人は漁業ですか」

「今出てった。息子も。船見送っていたとこだ」

「荒れるとご心配でしょう」

「いや、好きでしているから気にならないね。船出てって、海見ていた」

海には船かげは見えない。

白神灯台のあたりをちいさな灯の列が動いてくる。私が乗って来た松前線を列車が来ているのだと老女が説明した。

海も暗くなった。

二

旅の朝は早起きになる。

目を覚ますと私は戸外に出て行った。町が動きはじめる頃のふんいきは、昼間よりもその町の現状をあらわすことがあるので、旅に出ると朝早めに町を歩く。私は人通りのない道をぶらぶらと眺めつつ行く。昔ながらの商店が板戸を閉めて、松前線のレールと並行して並んでいる。松前線は山脈をけずって通っているから、線路より町の通りは低い。家々は戸を閉めて、野犬も動いてはいない。

昨夕海を眺めた方角とは逆に、私は東の方へと歩いた。民家の戸口のあたりには、どこも灯油のタンクがそなえてある。タンクはドラム缶を横に倒して脚をつけた形をして、赤や青に塗ってある。冬中この油を燃やすのである。それでも石油ショック以来、また木切れを燃やすストーヴを出したという家庭もあると聞いた。鉄板で出来ている、なつかしいストーヴである。幌内炭と書いてある古いちいさな看板が、とある商店に出ている。かつては石炭が暖房の中心だった。春近くなると雪が黒くなったと聞いたことがある。

私は人通りのない道を、雑貨店、酒店、衣料品店、食堂などの看板を見ながら行く。黒い瓦屋根の下に雨戸のある商店が大半で、それらの中にスーパーマーケットの角張った姿が似合わない。この市街はかつて福山といった。城があった。町村合併して松前町となり、人口は旧福山が七千。他の集落をあわせて一万七千である。今は一万七千を下廻っているだろうと、昨夜宿で耳にした。

城や寺院をあとまわしにして、私は浜沿いの道へ出た。浜には船寄せ場がところどころにあって、小型の発動機船がつないである。

とある浜の空地に煙があがっていた。人の姿は見えなかった。寄って行くと砂の上で焚火が燃えているのだった。波打際を高架車道が通っている。火のそばでぼんやり立っていると、不審そうに中年の男がやってきた。おはようございます、と私は挨拶した。が、だまっている。

海は乳色に煙って、霧が一面にかかっている。霧の中からポンポン船が姿をあらわしてこちらへやってくる。町からライトバンが走って来て焚火のそばにとまった。私をじろりと見る。おはようございます、きのう九州から来ました。私は挨拶した。ライトバンには建設会社の名が書いてある。

男たちが車からアクアラングの一式を取り出して、浜に着いたポンポン船に積んだ。三人分である。船は二艘になっていた。

「あら、今から漁ですか？」

私は元気が出てたずねた。

若者二人と中年男が一人ライトバンから降りてウェットスーツなどを運んだのだ。

「アクアラングで漁ですか。すごいのね」

「頭使うよ、この頃は。漁師は馬鹿ではやれんよ」

パーマをかけた若者が何かしゃべりそうになり、中年男の顔を見て黙った。船の男がこちらをにらんでいる。船は潜水用具を積むと、すぐに出て行った。船の男も焚火の男も一言も口を開かなかった。

「あら、あの船に乗らないのですか」

「ここじゃないから」

「どこで採るのですか？　ウェットスーツのことは知ってたけど、アクアラングでもぐるなんて知らなかった。漁場近くまで連れてってくださらない？」

私は頼んだ。三人が黙っている。

「私は駅前の丹波屋に泊っているの。この頃のアワビ採りはアクアラングも使うのね。私は九州ですけど、知りませんでした」

自己紹介もかねてそう話す。

「乗りな」

年かさの男が言った。ライトバンは砂にめりこむように勢よくターンして、町をつっ走り、丹波屋を通りすぎ、昨夕海を眺めた漁師町も駈けぬけた。

「ああここが漁港なのね。あれが弁天島の灯台でしょう？　大きな港ですねえ」

「船は沢出入るからね、ここは。まだ広くするよ」

若者がいう。

港のコンクリートの広場を通り抜けた時に、おや、と思う。二十トン級の漁船が二、三十艘もゆらりゆらりしている港を通りすぎたのだ。

「ここで降りてくれんね」

年かさの男が言った。

「もっと遠いのですか。あまり遠いと朝ごはん食べそこなうから降ります。どうもありがとう。沢山採れるといいですね、アワビ」

「ウニだ」

「ああ、ウニを採るの。どうもありがと」

ていよく私を追い出して、車はたちまち築港の先の山かげに見えなくなった。

この先のほうには、舘浜、赤神、静浦、茂草などと、ちいさな集落がぽつぽつとあるはずだった。ライトバンはそれら集落をはずれたどこかの岩かげにとまって、そこから漁船に乗るのだろう。アワビの密漁である。ウニだなどとごまかして。

そういえば私は能登半島の輪島市海士《あま》町に行った時、その町の人から松前に移住した仲間たちがいると聞いた。海士町は女が海に潜ってアワビを採る伝統を持っていた町である。もし可能なら、この町のどこかにいる海女の一人二人にも会いたいと思っている。

能登半島は日本海に大きく突き出している半島のせいなのか、日本海航路にたいへん縁が深い。あそこの町村からは秋田や新潟にまけずおとらず多くの移住者を北海道に送っている。それは江戸時代の頃からで、漁師だったり、弁財船の船頭や船子だったり、問屋であったりしたのだ。その名残りは今も能登の沿岸の町々に濃い。北海道はすぐそこ、という生活感が残っている。

私は築港で降ろされたまま魚の水揚場へ行ってみた。がもう終ったのか、二、三台のトラックに幾箱かのイカが積まれるところだった。港から見る海はこの上もなく静かなのに、今日は沖は波が高いのだそうで、漁は休みなのだという。イカ漁の船のランプが朝陽にきらきらと輝いた。

長沓をはいていた人にアワビの養殖場を見せてもらった。平磯をとりかこむように防波堤が海中に出ているあたりに養殖場がある。ゆらゆらと板橋がゆれる。橋は浮子《うき》の上にのっかっているのだ。板橋をおそるおそる渡ってのぞきこんだ。磯の海水はまっさおで澄みきっている。その中に金網の箱が沈めてある。青く光った親指の爪ほどのアワビがちろちろと動き合っている。こんぶを食べている。もっとちいさなアワビもいる。貝の表につぶつぶと銀色をしてくっついているのだ。

「きれいですね。走るように動くのですね」

「資源がすくなくなって養殖しなければ漁業はたちゆきません。これが大きくなったら漁場に放ちます。そして二、三年たったら採り頃ですね」

「漁区はきまってますか」

「そうです、それぞれ組合に入っていて一斉に採らせます。一日に二時間だけで、あとは採らせません。アワビ採りも上手下手があって、ものすごい差が出るんですよ。密漁がいてね、これが困りものです」

「今はまだ採ってよろしいのでしょう」

「あと二日間ですね、八月の初め頃から始めましたから」

私は先程の男たちのことをだまっている。

「こんなに動き廻るのでしたら、みなさんの漁場から逃げ出すでしょうね」

「そうですね、でも同じ海ですから」

養殖の指導員らしい人が笑った。

帰りにイカの加工場をのぞいた。

浜沿いに十軒あまりあるそうだが、どこもあまり大きな工場ではない。民家をやや広くしたような加工場で、入口の水槽に、冷凍イカをいれてじゃんじゃん水をかけている。その水は海水だそうだ。

「イカがしっかり凍ってるから溶かしてるんだ。これはこの浜のイカじゃないよ。ここらでとれたのは生売りするの。これニュージーランドのイカだ」

出勤して来て手早くゴムカッパを着た女たちである。その中のひとりが答えた。私は驚いて問う。

「ニュージーランド？　あの南の？」

「そうだ。船はどこにでも行くよ」

彼女はうっすらと笑った。

ゴムのカッパにゴム長の姿である。流水は足元を流れる。台の上で溶けた冷たいイカの腹を裂く。イカ裂きは一時間三百円の時間給だという。裂いたイカをすだれのように浜に干す。ぽたぽたしずくが垂れた。

「鳥が多いから、とられることもあるよ。半日干してから乾燥機にいれるの。頭のとこが乾きにくいね。それでも足引っぱって形作って夕方には立派に商品だ」

「ニュージーランドに北海道から釣りに行くのですか」

私はイカは日本海が中心と思っていたのだ。

「そう。ここの船じゃないけど。ここの船は礼文島のイカ釣りが多いよ。ニュージーランドより礼文島のがうまいね、スルメは」

イカの内臓を海へ放ると、海面に落ちる直前をかもめがさらう。群れとぶかもめの大きいこと。太っていて、すごい。

朝日輝く浅瀬で、ゴム靴を腰のあたりまではいた箱眼鏡の女が、海の中から昆布を引き上げては、腰の袋にいれている。

町はすっかり目覚めてぽつぽつ小学生の姿が見える。

私は旅館までの道を引き返した。

なだらかな坂道を福山城へ行った。城は資料館になっていて一般に公開していた。昭和二十四年に焼けたあと、一部を再建したものだという。資料館の庭のベンチで初老夫妻が休んでいた。

三

福山城は藩制の末になって天守閣をそなえた本格的なものを築いたのだが、築城と同時に世は明治維新となり、五稜郭戦争で榎本軍に占拠されたのだった。その直前に藩主は津軽に落ちのびていた。

築城当時の写真が日本人によって写されている。慶応三年（一八六七年）のことである。瓦屋根が並んでいる民家を越えて、遠くに高く白壁の城が見える写真と、近景のものである。今は貴重な資料で、繁栄していた町の様子もうかがえるが、私は、当時誰もがめずらしがった西欧文明の写真術を、はやばやと覚えて試みた人の好奇心に驚嘆した。

その当時の写真機は荷車に乗せて運ぶほど大がかりなものだったそうで、シャッターを切ったあと数十分かかってようやく感応した。だから被写体の人物はその間じっとカメラをにらんでいたわけである。そのようにたいへんなカメラをたずさえて、出来上がったばかりの福山城を写した人は、越後出身の仕立職人だった木津幸吉と、熊野出身の田本研造の二人である。写すのは二人がかりの仕事だった。田本は木津からも写真術を習ったのだろうが、ロシア領事館に出入りするロシア人医師に手ほどきを受けたのだ。彼は足を病み、ロシア人医師の手術で救われ、片足を切り落としていた。が、以来写真家で身を立てた。函館に住んでいたから船でここまで来たのだろう。函館は諸外国に開港し、世は激動期に入って人びとの出郷も激しくなっていたのだ。

　福山城の跡は公園になっていた。海に近い山腹の公園には七千本を越す桜が植えてある。その種類も多くて、二百七十種に及ぶとのこと。つぎつぎに花が咲き五月なかばまで美しいと町の人が語った。この桜を町は大切にしている。山桜に継ぎ木をして育てては植え込んでいる。あたらしい名所が生まれた趣であるが、発端はまるで別のところにあるのだった。

　それは敗戦後の荒廃していた頃のこと、この町の小学校に赴任してきた教師の、地道な研究と努力による手植えの木だった。それがいつしか人目にとまり出し、町に引きつがれたものだ。その浅利政俊先生に転任先の函館の駅前で、私はほんの短時間お目にかかったことがある。寡黙な、印象深い方だった。北海道の漁場送りの女たちの話を聞いた。いくつかの悲しい話があった。その中に、大正の末頃の函館毎日新聞の記事のこともあった。カニ工船の女工の話だった。ウラジオで捕えられたカニ工船の中に、漁夫にまじって八人の女工がいたが、髪もからだも汚れ果て、しらみだらけとなり、妊娠していた、というものだった。先生は、外国に売られたからゆきさんの話のようなことは、北ぐににもすくなくありません、この函館にも、と、口数すくなく言われた。私は城跡の桜木立の中を歩きながら、そのことを思い出す。城跡は静かで人の姿はない。りすが立ちどまって私を丸い目で見て、またかくれた。

鳥が啼いた。

どきりとするような、なまなましい声で啼いた。久しいあいだ鳥の声を聞かなかった。鳥は近年は町にはいないようだ。あの声は私が子どもの頃に聞いた声に似ている。「ああ、ああ」と、また、山の奥のほうで啼いた。自分の雌を呼ぶような音色に聞こえた。公園から奥へむかって大木が多くなった。からまつ、えぞまつ、いちょう、かえでなどが茂り合う。寺がいくつもあった。落葉の道が小暗く、しめっている。鳥は木にかくれて啼いた。どこかに似ているな、この木陰の道は、と思う。山門までのしんとした落葉道が、寺から寺へと通じている。寺にも古い桜の大木がある。下草に熊笹。あじさいの花。あじさいは九州あたりでは梅雨の季節に咲く。雨に打たれる青い花の風情はどこか古風である。が、今は九月。ここでは夏の花か。色はもう薄れているが熊笹とともに、しんとしている。

ここの藩は周知のように、先住民のアイヌ人をも支配した。ニシン漁が盛んになる前はアイヌ人たちの生産物が藩の交易品の中心だった。さぞや濡れ手に粟の収益も上がったろう。その支配の実情を幕府に対して誇示せぬように、城は天守閣をかまえず館《たて》と自称したものという。それでも領民には城と呼ばせた。松前藩は米がとれないので、漁民を百姓と呼んでニシンやコブを年貢にとりたて、それらを他藩に売って藩を維持する特異な存在だった。従って城下町福山は商人町であり、港町の江差も交易の町だった。こうした歴史の特徴と北の季節の特質とが山門のあたりで消えていきそうな、寺から寺への小道である。本州の風情に似せて城のまわりに植林をほどこしたものだろう。熊笹の中に、これは本州から移植したもの、と木札が立っている。

ディーゼルカーの窓から見たように、日本海に臨んだこのあたりの山は、すすきばかりの草山でどこも木立がない。福山も同じことであったろうが、城から藩公墓所や寺々にかけての小高いあたりは空が見えない林となっている。

私はその木立の下を歩きながら、農業のない集落群を思い描こうとした。先住民のアイヌ人の村も松前藩当時の和人の村も交易の町も、土を耕すことを基本とした集落ではなかったから。山も野も自然のままで、そしてその中に漁業をする人や交易の人びとが住みついたのだった。弁財船が米を運んできていたのだが、飢饉の年や船の往来が絶える秋から春までのあいだは心細かったろう、と、食料の自給のない集落というものを想像する。

が、それは私が、水田にとりかこまれた地方しか知らないためで、田のない地方は北海道以外にもあったのだし、また、農業を主体としなくともアイヌの人びとは自足した生活をしていたのだ。そして、その中へ入っていった和人たちが山野の自然に生活をまかせることなく、また田畠を作ることもなく、運ばれてくる米に頼った。

その当時の集落の様子は私には描けそうにない。想像はできても気持ちが落着かないのである。それほどに私は水田のある地方の精神風土になじんでいるのだろう。

藩公墓所へと、こまかな落葉が散りこぼれている。参道をはさんで両側はからまつになっているのだ。しめっている小道を歩く私の背に、後ろから海がおそってくるような奇妙な幻覚が起った。ああ同じ思いをしたな、どこかで、と、思う。

それが対馬藩の藩公墓所へとゆるい石段を辿っていた時のことだったのを思い出した。波は音もなく高くのびあがり、津波のようにやってくるけはいがして、あの時、私はおびえた。

思えば松前の海も対馬の海も、国境の海である。どちらの参道も木立におおわれ、人のけはいはなく、小暗く静かに守られている。時間が消えたような空間を歩いている私の背に、海がおそいかかる。国境の海が。接していた他民族に対してやさしくはなかった者へ、おそいかかるように。私は自分が後ろめたさを引きずっていることに気がつく。ここは他民族のくにではない。日本の先住民がいたところ。それははるか昔の西日本地方でもくりかえしただろう、支配と移動の跡地でもある。

が、植民地朝鮮を経験している私には、くにの内や外にかかわりなく、異文化をもつ人にやさしくはなかった者の影が染まっているのだろう。それが国境付近で反応を起すのだろう。その潜在するものの深淵から私は逃げたいと思う。私は未来へ夢を托して生きようとしているのだから。

おそってくる海のけはいに対して、私は心の中で、そんなおどしには負けませんよ、と言う。私は乗り越えてみせますから。国境なんぞ、へのかっぱですよ。

でも、私はもうすこしで後ろをふりかえりたくなる。

対馬の堂々として品格のあった墓所の趣に比して、ここはまたどうしたというのだろう。無文化の貧相さである。この差は当時の国境文化の差か。対馬藩は幕府の任を受けて、先進文化の国であった李氏朝鮮と対外交易を維持した藩であった。が、松前藩は北海道の地形の認識すらできてはいなかったし、先住民すべてを支配していたともいえない。松前が海の彼方に異国を認識するようになるのは、幕末になってからである。

私は陰気な松前藩公墓所に入り、狭い墓地に並ぶ石碑を眺めた。石碑は傾いている。このどれかにキリシタンかと疑われる彫刻があると町の人が話した。が、これがそうだとさだかにはわかりかねた。

私は松前に来てはじめてここにもキリシタンの足跡があることを知ったのだ。殉教者もいた。函館からディーゼルカーで来た時に千軒という駅があった。松前の町の人が、あのホームに史跡のことが出ていたでしょう、と言った。千軒駅からつづく山の、奥のほうの話だという。大千軒岳という高い山があり、そこから流れ出る谷川で砂金がとれたという。そして、その砂金鉱山で働く掘子の中に、キリシタンがいたのだった。それも一人二人ではない。百余人の信者が捕えられて処刑されたというのである。

十六世紀後半からイスパニア、ポルトガル、オランダなど西欧の先進国の勢力は東南アジアへ及んでいた。宣教師の活躍はジャワ、フィリッピン、中国、朝鮮、そして日本にもひろがっていた。日本には天文十八年（一五四九年）にザビエルがキリスト教を伝えたのに始まって、各地に教会、印刷所、病院、学校などができ、信徒の大名やその家族もふえた。海外に進出する日本人も多くなり、日本人町という自治区もフィリッピン、カンボジア、シャムなどにできた。また日本人が原地人と混在する所は東南アジアの各地にあった。ヨーロッパへの少年使節も送られた。西欧文明にふれた初めての体験が、日本人の海外発展をうながしていたのだった。

が、キリスト教と西欧文明に対する開放的な政策も、およそ半世紀のことであった。秀吉の禁教にはじまり、慶長十九年（一六一四年）には家康によって、宣教師も信徒たちも活動を禁ぜられ、棄教へ追われた。

私はおくればせながら資料に目を通した。それらによると、松前藩にキリスト教が伝わったのは禁教令ののちのことである。イエズス会の宣教師たちは幕府の追及のとどかぬ所へと伝道の場を移していたのだろう。一六一八年に松前にやって来た宣教師アンジェリスに、藩主は、松前は日本に属していないので布教活動はさしつかえないと言い、好遇した。こうして松前にも伝えられ、その後三回彼らはやって来て、金山にも行き、ミサを行ったのだった。

その頃砂金めあてに本州から松前にやってくる者はたいそう多かったとみえて、宣教師の本国への報告書に、一六一九年に五万人、二〇年には八万人の人が金掘りに渡っていると書き送っている。その中には掘子に身をやつした信者もいたのだろう。

もう十余年以前のこと、私は各地の鉱山で働いた掘子を中心にして、地下労働に対する日本人の観念を追ってみたことがある。米作りが中心である日本では、天の恵のとどかぬ地下は、忌みきらわれていた。が、そんな場所へも入って行って働いた人びとはいたわけで、それは、いわば日本の工業のはしりを支えた人びとともいえたから、はるか上代からいた砂鉄や銅や、金銀の採鉱にかかわった者の足跡を、とびとびにのぞいて、『奈落の神々』という書を書いたのだった。

その時、東北のとある鉱山に、キリシタンがひそんでいたのを、伝承によって知った。もしあの時、松前藩まで視線をのばしていたならば、千軒を知ったはずである。が、私は奥州までで止した。

なぜなのか。それは稲作と同じように、採鉱の史実も、それに関する伝承や民話も、圧倒的に西日本に多かったからである。上代の採鉱技術は朝鮮半島から来た技術者によって伝えられていた。砂鉄とか、ふいごの火とか、刀や針に関する沢山の神話民話も、西日本には日常茶飯のことのように伝承され、それは細くなりつつ東北へ及んでいたのだった。

私は、アイヌは製鉄を知らなかったということでもって、日本の掘子たちの精神界を考えてみる旅を本州の端で打ち切ってなんとも思わなかったのだ。それもこれも日本文化は西からひらけたと、一面的に考えていたせいではなかろうか。そのことを松前町に来て身にしみて思う。

坂上田村麻呂のえぞ地征伐という表現は、征夷大将軍の名とともに関東以北にかずかずの史跡や伝承を残している。けれどもそれは政権の浸透過程にすぎない。それ以前も以後も、東北にも、より北の地域でも、人びとは生計を営み、文字に書き残されることのなかった生活を継承していたはずである。その認識が弱かった、と、私は自分をふりかえる。キリシタンといえば殉教の中心は西日本であったから、えぞ地のキリシタンを思うこともなかった。けれども、藩制末期に千島列島に住んでいたアイヌ人の中には、キリスト教の信者もいたのだった。ロシアとかアメリカなどの船が北の海に現われる頃、近隣の大陸から異質文明は陸地にも伝わって、じりじりと南下していたのだ。

私は自分を北ぐにの時間の中に置くように過去をふりかえり、軽い目まいがした。文化は時代に伴う大きな流れを持ちながら、しかし、多元的に発生し、かつ影響しあう。細長くてちいさな列島の日本にも、北方には北方固有の時間の動きがある。そして南には南の。こうしたものを総体的にとらえながら日本を考えられるようでありたいと、あらためて思う。

余談のようだが、ここまで来たからこそ実感をもって思い出すことが沢山ある。九州の筑豊炭田を歩いていた時のこと、しばしば坑夫家族が語った。炭坑に来ると、米のめしの匂いがしていました。こんなしあわせな所はないと思って、すぐ郷里に手紙を出して親兄弟を呼び寄せて住みつきました、と。

さらにまた、人びとは語った。わたしらは四国の山つきに住んでいました。海岸近くの者は米が食べられましたが、山の者はソバやヒエでした。だから、四国の者と炭坑で会って、あんたどこの出身か、と問われると、海岸の村の名を言ってごまかしたものです、と。日本は稲作文化のくにではあるけれど、戦前までは、米を食べる者が多かったわけではないのだ。寒い地方へ行くほど、また、山里へ行くほど、雑穀食だったし、それが庶民の生活だった。

私は松前までやって来て、あらためて生活の重さとして思い出すのだが、菅江真澄の旅行記には、松前藩を旅しながら一宿一飯の世話にあずかったさまが記してあった。

菅江真澄は周知のように江戸後期の文筆家である。その松前紀行文は和人の日常性はもとよりのこと、アイヌ人へも同じように心をよせて、アイヌ語をも書き、絵もそえながら漁猟に生きる人びとを書き残した。

　松前藩は松前半島の南端を、東は汐首岬まで西は熊石までを領有し、それぞれ東西に番所を置き、その外には和人を住まわせなかった。アイヌ人たちは藩内に昔から住んでいる者以外は住みつかせず、その外に集落を作っていた。真澄は藩の許可を得て、番屋の外まで徒歩や漁船で旅している。旅には米を持参し、自分で炊いている。けれども時折旅先の誰かの家でごちそうになった。

　ある日は、とある木樵の家で、ヌベという草の根をすすめられた。磯近くの小屋でのことだった。和人夫妻の小屋である。木樵の妻がアイヌに教えられたと言いながらその草の根を炉の灰で焼いてすすめたのだ。アイヌの女たちはヌベのほかに、オオウバユリとか、チシマザサのたけのことか、ウドその他の根をたくさん採って背負って山から降りてくる。

　和人の女はそれをならって日頃の食べ物にとりいれていたのだ。漁師の家に泊めてもらった夜は、その妻が、何もないが、うばいろを召しあがれ、と言ってオオウバユリの根を火でむしやきにして出した。浦びとたちは、カズノコのおかずに、さんへというものを作ってすすめる所もあった。それはサンペ汁のことかと思う。マクリ汁、カボシ汁もいつもさかんに作っていた。サンペ汁は塩ニシンをぶつ切りにして野菜をいれた汁、マクリ汁は鮮度の落ちたニシンを三枚におろし、藁でしばり、おもに葱を加えて塩味で煮た汁であり、カボシは、タラなどを乾して凍らせたものを寒ぼしと言って、これはむして食べることが

多いとのこと。（『菅江真澄遊覧記』2の注）

アイヌ人の家に泊めてもらった日は、彼たちが朝夕の食料にしているトレフツ（オオウバユリ）の根をついてこしらえた団子をごちそうになった。アイヌ人たちは生魚を小刀でさきながら食べた。また、チセロフと呼ぶ粥を食べている。アワ、ヒエなどに、さまざまな野草の根を刻みこんだものである。これを和人はあらゆと言って食べていた。

こうしてみると和人の女たちはアイヌの女に学びながら生活しているといえる。海草や野草を山のように負って来て、干して貯えた。ニシン漁の盛んな年は降って湧くように金が入るが、ニシンが来ない年はけかち（飢饉）といって干海草で命をつないだ。真澄は、五穀のない島の悲哀を思いやるべきだと『えみしのさへき』に記している。彼は東北の旅では米がないので泊められないという民家に、一夜の宿を借りたこともある。この夜、家人はアワだけを食べ、真澄にはアワのめしに桃の実の塩漬をそえてすすめてくれたのだった。また、アワのない家では、薄墨色のヒエだけのめしを食べていた、とある。

こうした地域から松前へ逃げて来た人もすくなくなかった。松前に移住した人びとは、飢饉の年のために、おしめコブというのを貯えた。乾燥させたコブを粉にしたもので、これに水を加えて煮ると十倍ほどにもふえて飢えを救ったという。こうした生活とのたたかいを重ねながら、百姓と呼ばれる漁民たちは住みついたのだ。また、金山に働きに来た人びとも、五穀のない島で命をつないだのだった。

松前町の商家の中に、祖先が天草から来たという口伝を持つ家があった。私はこの家人からキリシタン処刑の話も聞いたのだ。

「祖先は天草の人というのは言い伝えでございますから、ほんとうのことかどうかわかりませんのです。書付もありませんし。ひょっとしたら島原の乱に関係がありましたかもわかりませんが。島原の乱には天草の者も大勢関係していたといいますから、あのあと逃げてとうとう松前まで来ましたものかもしれません」

そんなふうに家人が語った。

島原の乱は信徒たちが中心となった百姓一揆である。天草四郎時貞をはじめ、三万七千人が命を失った。これを機に邪宗門徒の追及は厳しさを極めるようになり、松前藩も、ここは日本ではないから布教は勝手だなどとも言えなくなったのだろう、百六人の信仰者が処刑されたという。

そして、その年、日本は鎖国に入った。

島原に近い平戸島には、ジャガタラ文が今も保存してある。恋しや恋しやと故郷をしのんだ追放された信徒の便りだと伝えている。

寺々をまわって阿吽《あうん》寺までやって来た。ここは藩公の祈願寺だった。私は境内で出会った住職の案内を受けて、本堂から奥の部屋へ導かれた。そこには厚い扉の中に、この寺の本尊が安置してあった。不動明王である。

「このお不動さまは由緒がありまして」

と住職が話された。

中世期に津軽十三湖畔に館をかまえていた安東氏は、太平洋側に根拠を持っていた南部氏との長いたたかいの末、ついにその地を捨てて松前に逃れた。その逃亡の折に安東氏たちを荒波から守ったと伝える不動だという。

藩公松前氏は安東の渡海の折の従者だった人の子孫である。安東氏は津軽在住の頃にはえぞ管領の職にあって、代々奥州を支配していた一族である。航海に長じた水軍を持っていた。元寇の時にははるばると日本海を航行して玄界灘までかけつけたという。そう伝承しているほどに海に長じていた。彼らは北海のサケ・ニシン・コブを船積みにして、日本海を若狭の小浜まで運び、ここから京へ送っていた。珍品中の珍品として京の貴族たちの食卓を飾っていたのである。

奥州といえば、えぞ管領という職名がしめすように、えぞと呼んで未知の領域であった鎌倉時代に、奥州には、京もそして松前もともによく知っている彼らの生活があったのである。その頃松前地方はアイヌ語のまま、マトマイと呼ばれていた。マツ・オマ・ナイであり、夫人のいるところという意味だという。そのマトマイには、安東氏のサケ番屋とかニシン漁の仮小屋とかもあったと思われる。また奥州にもアイヌ人の生活が見られたと伝えている。こうした生活上での接触なしには、北海産のニシンやコブの京送りの歴史も生まれなかったといえる。

阿吽寺にも私のほかに参詣人の姿は見えない。藩公墓所もその他の寺々もそうだった。どこも境内に静かな秋の日射しが落ちていた。阿吽寺の住職は、私が安東氏の館の跡といわれる十三湖畔の遺跡も見て来ましたと話すと、なつかしげにした。十三湖は中世期にはたいそう栄えた港をその川口に持っていた。十三港と若狭の小浜との交流は長くつづいた。小浜は京の玄関口であったのだ。

そんな古くからのかかわりが、海の道にはいつまでもつづいていて、安東の松前落ちとともに松前の海までやってくる若狭の船々も徐々に多くなったのだった。若狭の小浜には、今も日本海の京都にふさわしい国宝級の遺物や文化財の塔や寺院が、山麓に点在している。その中に安東氏建立の羽賀寺もあった。また安東氏の墓も羽賀寺に残っていた。

私は阿吽寺を出て海へむかって歩いた。高台の道は空も広く、行き合う人は見知らぬ私へ微笑をふくんで目礼をくださった。気がつくと道はまた別の山門の前に来ていた。

この寺は海風を受けてからりとしている。木立におおわれた暗さはない。ディーゼルカーの車窓から草山のかげにぽつりと大きな屋根が見えた。あの寺だろうと思う。私は疲れを覚えながらことわりもせずに裏手の墓地へまわった。数多い石碑が立っていた。京都、東京、横浜などに住む人びとの住所氏名が彫ってある。松前を故郷に、ふたたび他地方へ出て行った方たちだろうと海にむかう墓石を眺める。

真下の浜に小型の漁船が七つ八つ入っている。近くに千畳岩がひろがっていて、びっしりとかもめが止まっている。

海上は青く波もない。

津軽半島がかすんで見える。が、今日も津軽富士は見えない。

第二章　旅は道連れ

一

『広報松前』の昭和五十年頃のものには、地元の古老たちの追憶談が記録してある。その中に及部川の上流で造田を始めたのが昭和八年で、町の人は田んぼ風景がめずらしくて大勢見物に出た、なかにはべんとう持参で行っていた、とあった。柳や胡桃、榛《はん》の木などが生えていた山の湿った荒地を、沢田さん一家が起し始めた、というのである。ニシンが来なくなって農業に移った家族であろうかと思ったりする。

造田は函館のあたりでは幕末の頃に始まっていた。そして維新後屯田兵などの苦難を重ね、道内各地にひろがっていったのが明治二十年以降のことである。松前町の近郊は昭和八年まで田を見なかったというから、ここには漁業商業の伝統が深くて農業専業家族はなかなか生まれなかったのだろうか。

明治九年生まれの人の話に、小学校にもろくに行かずにニシンとりの手伝いをして、一人前のニシン漁業の船頭になったが、明治三十年代を全盛に、次第にニシンが姿を見せなくなった、とある。全盛の頃は、浜辺も道路も歩けないほど、身欠きニシンとかカズノコや白子が干してあった。ドサンコ馬一匹だけが通って行くほどの道幅を空けて、あとは一面ニシン干し場だったのである。東北地方から出稼ぎに来た人びとは、地元では米が食べられないのでここで米を買って送っていたという。それほど盛んであったニシン漁も、大正三年を最後に、ぷっつりとニシンが来なくなった。人びとはやむなくその回游先の北の海へと出稼ぎに行くようになった。

が、まだ当時は地元の川にサケものぼっていた。アキアジと呼ぶ。その季節は出稼ぎもないので、男たちが一軒から一人ずつ番屋につめて、毎晩川に網を仕掛けた。そして翌朝みんなで網を曳いた。一メートルもあるほど大きなアキアジも獲れていた。それを各家から女が売りに出る。一日一人五本と決めてあった。女たちは城下の商店街まで走るように歩いて行き、売ってくる。売り上手は高値につけて早く帰宅したが、売り方のまずい者はなかなかさばけなかった。サケは正月頃まで川をのぼっていた。

冬はほとんどの人が林業をしていた。山に行って薪を切り、炭焼きをし、その炭を馬で運ぶ。何頭もの馬を曳きながら数人で山を降り、これも福山城下で売った。そして春。ニシン漁にやとわれて行き、五月の末まで働く。こうした出稼ぎと地元での漁の繰り返しで、戻ってくれば川ではもうマスが獲れる頃である。夏は主にイカ釣りで、片手間の川のマスも、ヤマベ、イワナ、アユも相当な漁だった。

そしてまた秋。アキアジの季節である。子どもたちはサケの網曳きのそばで遊ぶ。最盛期には網曳きは朝夕の二回。はねさわぐサケのほかに、小魚やカニが入っている。エビもぴちぴちしている。それらを拾って子は遊ぶ。親たちがカマスやモッコで番屋までサケを運ぶ。

川には産卵したサケがゆらりゆらり浮き沈む。それをホッチャレといって、カマボコの材料にした。卵が川波の中で育つ。山ぶどうのようにふくらむと、子どもらがざるですくって食卓にあげた。

サケは米と麴で正月用のすしにつけたり、アイヌ料理のリュイベ用に氷漬けにもした。すしは食べ頃までに一カ月はかかった。

そして女たちは焼酎も作った。男は出稼ぎや川漁などと多忙だが、女も忙しい生活だった。自分で縫った前掛、股引、肌こなども持って嫁に来て、翌朝から働いた。昼は畑仕事とイカ裂き、イカ干し。イカはスルメにして大きな束にすると馬の背にのせて問屋へ運ぶ。雨が降ると赤イカとなり、納屋に干していてもウジがわいた。

夜はランプの下で刺子を縫う。海の仕事着には何よりの衣服である。足袋、シャツなど子どもの衣服もみな縫った。自分のものは買うのも縫うのも間に合わないから、嫁っこは近所同士で肌こをまわし着にした。木綿の肌こはあたたかだった。普通は麻や山野の植物の繊維で織った布を使った。

盆と正月には近所の女三、四人で、一緒に城下まで買物に出た。沿岸の村々は今は同じ松前町で国道も広いし車も通うが、以前はわらじがけでおにぎりを持って福山町まで出かけたのだ。家族の衣類、砂糖、醤油その他、どっさりと半年分の荷を負って帰る。

「山にたけのこ採りに行くより疲れました。子どもはふえるし。十人産みました」

十四歳で嫁に来た人もいる。また、津軽から米を積んだ船で来た人もいる。城下の遊廓に奉公した人も。子守りにやられて逃げ帰り、親に叱られ、顔も見ずに嫁になった人も。

十二月の嫁入りが多い。角巻を着て、モンペをはいて、わらじばきで、まだ見ぬ夫の村に迎えの人に連れられて行く。村に入ると若衆や子どもが雪玉をぶつけて歓迎してくれた。身内だけで盃ごとをし、そして子宝にめぐまれた。お産のあとの二十一日間、大きな箱の中に坐って養生をした。その時の食べ物は味噌で、味噌は体にいいと伝えていた。その味噌も自分でこしらえた。

「戦争前は男は先生、女は芸者と言って城下町の福山の者の暮らしも楽ではありませんでした。町にめぼしい仕事はないし。町の者のほとんどがニシンの出稼ぎです。町に芸妓見習所がありました、五カ所も。踊り三味線を教えていました。見習いのあと町の芸妓屋にいって、そして月々家にお金を渡していました」

町と村々は持ちつ持たれつで、ニシン漁で稼いだ男たちが三味の音に合わせて歌いさわいだのだろう。町の人が、「この町は昔は武士の女房や娘が夜伽したところだ。漁期になれば沢山船は入るし。城から下ったとこは遊廓があったとこだ」と言った。私は阿吽寺で見た遊女たちの絵馬を心に浮かべた。

「この寺の坂下に昔あった遊廓の女が奉納した絵馬です。沢山ありました」

住職がそう言った。それは硝子絵の絵馬であった。貴重品だった硝子に絵の具で遊女が描いてある。いい客が得られるよう、そんな絵を描いてもらって絵馬として奉納したものという。日本髪に手をかざす女や、流し目をしている女が、かんざしを髪にさし赤い衿裏をのぞかして描いてあった。

私はこの町で以前は廻船問屋であったという米屋の、今周三さん夫妻をおたずねした。周三さんは明治四十年（一九〇七年）生まれで、おじいさんの代に津軽の鰺ヶ沢《あじがさわ》から来たとのことである。明治年間の移住者なので廻船問屋も近代に入ってからのものである。周三さんの子どもの頃は川崎船と呼ぶ帆船が、鰺ヶ沢や脇元から米を積んで来ていたという。四斗入りの米俵を大きな船は百俵、ちいさな船で八十俵ほど積んで来た。

「うちの裏の浜に着いたの。鰺ヶ沢は米の積出港ですよ。あのあたりの森田とか木造《きづくり》とか中里とかの米を集めて、二人ぐらい乗ってね。はん船て言った。帆船です。普通は川崎船て言うの。ここまで八時間くらいかかったでしょう。風あると発動機船より早いんだよ。けど、風なくなると、ほれ、だめになる。福島の方へ着いたりね。

　ここに着いたら業者呼んでさ、うちは問屋だから米は売らない。米屋を呼んで、むこうで買った値段と引き合わせて、売買の口銭とって渡す。荷揚げして馬車に積んで米屋は店に持って行くの。馬車は金輪《かなわ》でしたよ」

　私は、鰺ヶ沢も木造あたりも見て来ましたが、海を通れば津軽からここまで近いのですね、と言う。

「すぐそこだ。小泊なんか、すぐそこ。あそこの権現崎通って……。発動機船なら六、七時間。今の船は四、五時間です。

　以前は砂浜のどこにでも船は着いたの。どこに着いてもよかったの。危険でない所ならろくろで浜に船揚げてしまうから。イカ釣りの船とか、サメ釣りの船とか、浜には川崎船が沢山来てました」

「サメ釣り？　サメを釣るのですか」

「津軽はサメ料理が実に盛んだよ。サメ釣りの人、ここに寝泊りしたの」

　お宅にですか、と私は問う。そうだ、とのことで廻船問屋はそんな世話もした。漁船の親方たちが花柳界で飲んで喧嘩をしたりして、警察に世話になったりすれば引受人にもなった。

サメはどうやって食べたのでしょう、と私はこだわる。お寺の住職の中にそれが好物という人がいたとの一口話もあるという。夫人がかたわらで、昔の長靴みたいな外観してるからあたしは食べずぎらい、と笑った。でも、以前はたいそう作ったの、ナマスとか、ヌタとか。煮物にも。カマボコやら、と話す。サメ漁は夏とのこと。釣ったサメは業者が買いとって運搬船で津軽方面に運んだ。馬車一台分もあるような大きなものから、アブラザメという小型のものまでいろいろ釣れた。今の漁港の先の小島付近でよく釣れたという。

そういえば私が住んでいる九州の町のスーパーマーケットにも、湯通しした白いころころした切身が小皿に分けてあって、サメの湯引だと聞いたことがある。深海魚の冷凍物などをめずらしがって買うくせに、なぜサメは目にとまらなかったろう、などと思い思いサメ釣りの人たちの陽気な話を聞いていた。

今周三さんの父方はそのように津軽鰺ヶ沢の出だが、母方は能登の穴水町ですとのことで、私は能登の旅でちらと見たその浜辺の町の、煙るように美しかった風情が心をかすめた。松前にやってくると、実にしばしば日本海側の町や村の名が出てくる。それが私にあらためて海路の長い歴史を感じさせる。日本のどこの町でも多くの移住者がいて、さまざまな寄り合いをみせているのだが、ここは日本海航路の関係者に集中しているので印象が深い。そして今はまたここから四方へ散っている様子だった。

「うちの娘も札幌に行っちゃって、孫も帰って来ないでしょうよ。おじいちゃんが一人ぐらい呼び戻そうとせっせとかわいがってるけど、さあねえ」

夫人が笑う。私は夫妻にたずねた。

「お若い頃の松前とちがっていますのでしょう？」

「ああちがいますね。ここには廻船があったの、函館とのあいだに」

「お客さんも乗るのですか？」

「乗せたよ。ハシケに乗せて沖にとまっている廻船まで連れて行ったの。殿さんが残してくれた石垣の波止場《はとば》があったの、波止場。そこから船までハシケに乗せて」

「函館まで船のほうが速かったのでしょうね、陸路を行くより」

「いえ、まっすぐ函館には行かない。福島とかあっちこっち寄ってお客さん乗せたり降ろしたりして行くの。函館まで、そうだね、六時間ぐらい……」

「ああ廻船……海のバスのような。あれは助かったでしょうね、買物だとか病院だとか」

私はディーゼルカーの中で聞いた話を思い出した。それは廻船もなくなった頃の話なのだった。

「今は道がありますけど」

と、七十ほどの温厚な背広姿の人が話した。

「そこは岩場ですから人は歩けない所です。潮が引いた時に岩の上を渡って行っていたのですね。その先に、一カ所、ちいさなむらがありますから、そこへ行く時には。ところが、もう十四、五年になりましょう、そこで遭難がありました」

車内のふんいきにそぐわぬ語り口の人だった。ぽつりぽつりと話したのだ。

「郵便配達中の若い者と、年古者《ねんこしゃ》とが、二人とも波にさらわれました。年古者のほうが若い者に配達の指導をしていた時かと思います。引潮の時に渡るといっても、都合よく引潮になるかどうか……」

その岩場は女郎岬というと語り、そのような女がそこで身を投げたといいます、と言った。その女の霊をまつるようなこともないのです、あればいいのだが、と、そんな感想も洩らした。

私はその話を今氏夫妻にして、女郎岬の先にあるという集落に行くことができますかとたずねた。

「ああ福島町の岩部のことでしょう、行けますよ。道ができたそうです」

夫妻はにっこりされた。

車中のその人は岩部のことも話した。そのむらに小学校の分校があって、卒業式の時などはみんなでごちそうを作っていました、以前わたしも来賓で呼ばれて行きましたが、と、思い出した話しぶりで、あそこはめったに人が行かないせいでしょう、気の毒なくらいもてなしてくれました、と言った。

タクシーで福島町の岩部へ行く。

福島町は松前町の東に隣接している。海沿いの道を函館方面へむかう。途中に白神岬がある。車に乗る頃から空がしぐれてきた。岬のあたりで海が荒れる。

「冬は吹雪で先が全然見えません。道端にポールが立ててあるけど、そんなもの見えんです。なれてるから走れるけど」

若い寡黙な運転手さんが、雪はひどく降りますかという私にそう答えた。

「岩部にお客さん乗せて行ったことありますか」

「いや……」

「道のない頃はたいへんだったでしょうね」

「船利用したんでないの、みんな漁業やってるから。

いっぺん客乗せて途中まで行ったけれど、崖崩れていたから」

「崖が崩れるの？」

「雨ひどいと今も通行止めするよ。川ないから、山の水落ちてくるから」

ほう、と、心の中で言う。雲が切れて行く手の福島町の方に大きな虹が出た。海面からまっすぐ立ちのぼっている。

ところどころに数軒の家。海底トンネルの工事場。その土で埋めたてた海岸もあり新築の家が建っている。ちいさな船のドック。そういえば白神岬を過ぎてから山に木が茂っているのに気がつく。風当りがちがうのか。空もこちらは晴れた。

「岬ひとつで様子がちがうのね、空も海も。こっちは海も静かですね」

「風向きでちがうの。こっち荒れて松前晴れてることもあるし」

運転する青年はそう答えた。

ひろびろとした海の、行く手の海面ばかりが黄金色に輝いている。ふりかえると白波が立ち、暗い海の水平線が黄に光る。

「面白いですね、松前のあたりにだけ雨雲がひろがってるのね」

「でも、あそこ、イワシ群れてるんでないの。カモメが……」

「どこ？　どこですか」

目を凝らしてやっと見つけた。ごまを散らしたように雲の下に鳥影が群れて渦巻いている。

「ものすごい数ですね。あんなに沢山……。沖にいるのですね、カモメは……」

「あの下にイワシがいるんだね。イワシ追って大きい魚の群れが来るから……」

「ああ、それでカモメの群を見て漁師さんはそこに船をむけるのね。でも今日はだめですね、あそこ空が暗いもの。休みですね」

「出ているよ。あそこ、沖でないから」

「ははあ、あのあたりは沖ではないのですか。水平線のあたりですね」

「うちは近所の船、出たから」

「沖は今日はしけてるって聞いたのですけど。もっとずっと遠い所なのね」

彼のむらでは今日は収穫があるわけだな、と思う。ちらと横目で彼はあのカモメを見つけた。もっと遠方まで漁師の視力はとどくのかもしれない。

国道は国鉄の線路とともに山の中へ入って行き、私を乗せた車は国道からはずれた。そして福島の漁港のそばの商店街を通って、カーブしつつ岩部方面へむかう。海岸に月崎、塩釜、浦和などと集落が点在している。海に迫った山肌から水がしみ出している。車道は山をけずって作ったものだろう、道のそばにテトラポッドを幾重にもいれてある海が青く澄んでいる。

「この道、しけると波がかかるよ。すぐ通行止めになるもの。あれが閉まって車行けなくなる」

まだ新しい車道に、折りたたんだ遮断機がとりつけてあった。崖の下と海側の両方に。黄と黒のだんだら縞に塗ってある。通行止めの時はあれが伸びて道を遮断するのだという。山の水と海の水に洗われて崖は崩れるのだろう。遮断機を過ぎると車はトンネルの中やコンクリートの屋根の下を走った。途中はまだ工事中である。

「女郎岬はもう過ぎたのかしら」

「いや。たしかあそこ……。友達と魚釣りに行ったことあるから。高校の時。その時道なかったけど。バイクで行った」

彼が心得顔に車を走らせて、やがて、ここです、と止まった。短いトンネルの手前である。あっけないほどの岩盤をくりぬいて車道はその先にのびていた。けれども以前は道などなくてこのトンネルの外側を歩いたわけだ。私は車を降りて、ガードから身をのり出して岩肌を眺め、唖然とした。つっ立つ岩である。足がかりはおろか、手がかりもなく、波しぶきに濡れて絶壁が光っている。波の底も岩である。

江戸時代の旅びと菅江真澄がこのあたりを漁船で通った時、月崎などの地名はあり人も住んでいたが、女郎岬の名はなかった。海上から小筆大筆と呼ぶ景勝の地を、船を止めて眺めた。それがここに当る。海の中に細長い岩がつっ立っていて小筆、そして陸地のこの女郎岬が大筆である。このような所を、船もなしに、職務のために伝い歩くようになったのだ。近代とはなんと残酷な、と思う。先ほどの遮断機の所からずっと民家はない。山をけずって道を作るのがやっとのことという地形である。それでも海を仕事場にしている人にとっては、船の便が第一で、かつては船溜りに適した場所に住みついた。岩部もそのようにしてできた集落にちがいないのである。

北海道の近代化は陸路の開発とともにはじまっていて、数多い悲惨がある。郵送の仕事も線路とともにのびていったが、末端ではこんな道なき道を行かせていたのかと思ってしまう。方針が柔軟でさえあれば、船の便もあるものを。それも戦後まで。

小筆大筆が女郎岬と呼ばれるようになったのはいつの頃からだろう。女郎という呼称は地方のことばではない。松前ではがんのじと言った。雁の字であって津軽地方でがんというのと同じように、寝ぐら定めず渡り歩くからそう呼ばれた。わけても日本海航路では漁の季節になると、どっと女も集った。馬に横乗りになってやってくる女たちを、郷里を出て漁場に集まってきた男たちがわいわいと品定めした話を、旅の折々に古老たちから幾度か聞いた。女たちは地元で稼ぐよりも多少離れた漁場へ行っていたという。女郎岬は北海道に陸路が開かれ、線路工事がタコ部屋とともに始まった頃に、生まれた名のように思えてくる。

岩部は行きどまりであった。

奥まった山から谷川が海に流れこんでいた。海上から見ると川の流れで裂けた山の内ふところは、ぐあいのいい避難所であったろう。川口は両側に岩山がつっ立っているが、その亀裂を川の内へと入ると、思ったよりやわらかな斜面なのである。ここはたしかに海上から見つけた住まいの場所で、その初期は出稼ぎの時の仮小屋であったのかもしれないと思う。川に沿って数軒の家が深閑と建っていた。どの家も出入口の前に海の小石を敷きつめて、海草干し場が作ってある。あたりに山の風音が、川水の音にまじってひびいていた。

空が入江のように狭い。山にはばまれているからだが、山の稜線に裸木が煙っているのが美しい。斜面はすすき。そのすすきの中をすこしばかり耕して、畠らしい。すみに小菊が咲いていた。

私は川に沿って山の方へ歩いてみた。平屋一棟の学校は小・中学校のようである。入口にトーテムポールが二つ立っていた。今日は休日。

子どもが三人で川のそばの海草干し場で遊んでいる。一年生と二年生、そして入学前の女の子。車とオートバイの玩具で遊んでいる。

「山に遊びに行かないの、そこの山に。あまり行かない？」

「山、行かない」

「海で泳いだ？」

「浮袋して泳いだ」

そばで女の子が、「こんど、あたし一年生」と言った。「お兄ちゃんと学校行く」

猫を抱いて少女がはにかんで出て来た。五年生だった。

川口の入江のあたりへむかっていると、中年の女がショイコを負って海岸から戻って来た。姉さんかぶりをしている。

「若い人はみんな、ハ、都会さ出てってエ、年寄りばっかり。人よけえいないから、ハ、静かだ。それでも夕方の三時四時になれば、ほれ、釣糸垂れて女もイカ釣るんだ。夜になればなんぼも釣れるんだ。船の、ほれ、電気に寄ってくるよ。バケツ持ってエ、女でも男でも釣るよ」

血色のいいその人の大きな声を、家の窓から中学生の女の子が笑いながら見ている。鳥籠のそばで。この人の娘さんのようだ。二人はよく似ている。

私は郵便配達員の遭難の話をご存じですか、とたずねた。

「ああ、お嫁にくる前の話だ。十四、五年前とはちがうよ、もっと前だ。ここ郵便局なかった頃だもの。福島からね、浜歩いていて流されて死んだって。カバン提げて。

あたしお嫁にきた時は道あったの。ちいさい道だけど」

陽に焼けたつややかな肌である。道具小屋の前で、ほれ、これでコンブワカメ採る、と、小舟と鎌がついている竿を指差した。小舟は川から陸に引揚げておくのだ。

「どこまで採りに行かれますか」

「なも、すぐそこ。そこで採る。コンブとかワカメとか。ウニとか、アワビとか。アワビはもぐってとる。サザエはいない、ここは。タコおるの。こんな大きなタコ。タコツボでない、ハエ網いれるの。ウニはほれ、これで採る、この袋ついたやつ。上から箱眼鏡かむってのぞいて。この舟はそんなの採る舟だ」

玄関の前の干し場にはコンブがすこし並べてあった。

岩部は小学生十六人で三年生はいない。中学生は五人。谷間なので日照時間は短い。

ところでこの岩部だが、真澄は『えぞのてぶり』に、ヰワンベと記している。アイヌ語のようである。この海を彼らが通った時、鯨が七、八頭波をゆすりあげ、潮を吹く音を山もゆるぐほどにこだまさせて泳いで行ったのだった。

岩部から引き返す昼の光が明るい。海がブルーに澄んでいる。遮断機を過ぎて、とある集落の道の端で女たちが三、四人談笑していた。海ぎりぎりの白いガードに寄りかかって。ガードには網が干してある。私はタクシーから降りて日射しの中で背伸びした。かたまっている家々にも日が降り注いでいる。女たちが、あははは、と大声で笑っている。がっしりした女房たち。

「この網は何をとるものですか」

のんきそうな女たちにたずねた。

「これか」

彼女たちが答えようとした時、「これ、サケ網」と誰かの亭主が寄って来た。小肥りで人のよさそうな表情である。

「ほれほれ」

女たちがその男をからかうようにはやした。男が私に言う。

「知らんことは聞かなだめだ。わたしもどこ行っても聞くんだ。話さな、だめだ。わしゃ漁でどこそこ行くと、なんでも聞く。聞くと話しするからわかる」

「ほれほれ……」

と、あとは方言になって私には聞きとれない。男は笑っている女を尻目に、

「あんた、東京？」

と聞いた。

「いえ、九州。九州の博多から来ました」

「ほう！」

漁から上ったばかりのような、タオルの鉢巻をしたその人はしげしげと私を見た。

「九州はわしゃ知らん。でも、あんたに会ったからもう知ったわけさ。わしゃ田舎者だけど同じ日本人だから、話しするわけさ、どこ行っても。ね。話せば心通じるんだから。ここね、塩釜。ここはね、戸数がね、五十八戸ある。そしてね、千代の富士が出たわけさ、はははは。こういうね、へんぴなね、それでも、ほれ、日本一さ。うれしいよ」

目がたいそうまじめで、思わずじんとした。口調ははきはきしているわけではなく、くぐもった声である。四十歳くらいだ。

「ああ千代の富士のお里はここでしたか。福島町って聞いていましたよ」

「ここだ。あの人の家、すぐそこだ。大関になった時、塩釜の道路の入口に杉の戸立ててね、パレードやってね、うれしかった。ありがたいんだ。相撲でなくてもよ、日本中にこ

こ知ってもらうような、ね。なんでもいいけど。今はもう横綱だもの。それ以上は日本にないのだもの。日本一さね、ありがたいよね。赤白の餅ついて町がくばった」

女たちはもう関心を失って自分たちのおしゃべりに戻った。道路のすぐ下に船がゆれている。

思ったより戸数があるのは小道が山のふところへ入っているからだろう。その小道の方で数人の人が立話をしている。

「ほれ、あの人、千代の富士のお父さんだ。今休み時間さね」

彼が顎で教えた。イカの加工工場の入口で小柄な人が煙草をふかしながら女たちと一休みしている。あそこで働いている、とのことだった。地味で知的な横顔が静かな人だ。

「この船で漁をなさるのですか」

水の面を見下ろしながらたずねた。

「サケとって函館のほうに持ってくわけさ。何百も入った網あげて。ね、ほれ、生きてるから、船上げるとシズコもう出てくるの」

「シズコ？」

「そう、メスが。オスがね、百円であるとすると、メスは七百か八百円だもの」

「メスが高いのですか」

「オスはシズコないから」

私は漁師さんがシズコ、シズコというが何の話だろうと思う。で、問うた。

「オスとメスとどうやって見分けるのですか。売る時別々の値段でしょう?」

「われわれにもわからない場合ね、腹の下のほうにちいさい穴あるからね、オスは指入らんけど、メスはこう入って、シズコあるから。ね、人間も男どこ、子産まないしょ。魚もおんなじさ。シズコあればメスだね」

なんだ、筋子のことか、とついおかしくなって、ははは、よくわかりました、と言った。彼が、「誰でも話せば通じるから。日本人だからね」と、私を慰め顔に言った。

二

湯《ゆ》ノ岱《たい》という山の中まで仕事で往復するという人に会った。地図を開いてみると、そこは松前半島のちょうど中央に当る。大千軒岳とそれに連なる山々をはさんで、松前町と背中あわせになる位置だった。こちらは海岸だが湯ノ岱は谷間のむらだ。今は合併して上《かみ》ノ国《くに》町にふくまれるという。私は車に便乗させてもらって湯ノ岱を訪れることにした。その人は道庁が請負った建設現場をあちこちと視察してまわる様子で、今は出張中らしい。

木古内まわりの山道はすすきの高原をアスファルトの道がつっ切っている。さわやかではればれする。が、一年中仕事先をまわってジプシーみたいなものだというA氏は、こんな山道は冬はたまりません、と言った。雪で前方が見えなくなり止まれば凍結します、それでも仕事ですから……。

「北海道の道路工事は金がかかります。冬凍結しても破損しないように、二米以上も掘り下げて砂利を敷きつめます。そしてアスファルト工事をするのですが、それでもいたみはひどいですね。スパイクタイヤとかスノウチェーンとかつけて走りますから」

私はすすきの山の一本道を複雑な気分で眺めた。A氏は、冬の山道をおそれて話す。

「前方が見えないままつっ走るのは危いけど、止まれば確実に死にますから……」

「冬も車でまわられますか」

「国鉄のある所は利用しますが支線は日に幾本もありませんし、そんなのを待っていては仕事になりません」

「仕事先といいますと?」

「道庁の建設関係はみなまわります。道南の方はそうですね、高校が八十パーセント、診療所とか養殖場とか老人ホームとかが二十パーセントというところですか。とにかくだだっぴろい北海道ですからね、われわれは年中旅で、ジプシーです」

今日出かける湯ノ岱は保育所か診療所か、A氏はゆううつげである。そして奥尻島の高校のことを話した。その島にアワビの養殖場作りに出かけたらしく、高校建設の時も出張した様子である。

「奥尻島は江差から船で三時間あまりの割合大きな島ですが、島は若者にはやはり気の毒です。あの島はイカ漁で生活してますからね、彼らも島にいるかぎりはそれをやるしかないでしょう。中卒のほとんどが高校に入りますよ、けど、イカ漁がよくない時は入りません。大漁の時は高校生も多いのですが、よくないと札幌とか函館とかに働きに出る少年もいます。気の毒です、ホッケなんか小樽あたりで二本二百五十円くらいの時に一箱二十円くらいだから」

「一箱といいますと？」

「十本入りです」

「どうしてそんな値段なのですか」

「自分の船で運ぶほどの資力も冷凍設備もありませんから」

「どこかの漁協と組んで引き取ってもらうことなどできないのでしょうか。企業の船などは来てないのかしら」

「沿岸漁協はどこもホッケ漁の時ですからね、引き取ってもらうと一箱二十円なんかで買い叩かれるわけです」

「……」

「これでは誰も獲らなくなります。出漁しないほうがいい。マスの一本釣りもしていますが、小樽などの漁港に運んでも石油代になりませんからね。島内で消費するだけです。いくらにもなりません。アワビの養殖場も作ったけど、結局は同じです。消費地から離れてますから。

設備をよくしていくのがわれわれの役目ですが、いたちごっこですね。時々考えこみます」

松前町でもいくつかの工事現場があるらしく、幾日も旅館暮らしなのか、湯ノ岱の工事も思うようにはかどらない様子であった。

湯ノ岱に着いた。一本道の両側に民家が散在し高い山が迫っている。江差線が通っているが駅は無人駅となり、鉄道官舎も空家である。他にも空家が目につく。駅前にパルプ用の材木が積み上げてあり、向こうにパルプ工場が見える。A氏が現場へ行っているあいだ私は往還を歩いた。道路の日だまりに筵を敷いて着ぶくれた老女が坐っている。膝元に畠から引き抜いた豆の束を置いて、その実を一つ一つちぎり取っている。

この駅前の道は、江差松前線のディーゼルカーが木古内駅で二叉に分れた、その木古内から江差へむかう線路と並行している。また天ノ川とも並行している。天ノ川は山をけずって深く、谷川である。このあたりの平地は道沿いにしかない。その道の端で日向ぼっこをしながら豆をとる老女は遠くからよく見える。彼女も私をみつけて笑みをふくんでこちらを見ている。私は寄って行った。

「枝豆ですか」

「黒豆だ。茹でて食べるとうまいよ」

「黒豆を茹でて？　茹でた黒豆って食べたことありません」

「うまいよ。甘くて。今とると惜しいけど、好きだから」

彼女が坐っている筵の上に、かんぴょうがすこし干してある。膝に両ひじをついて、黒豆の根についている土をはらっては豆の実をとる。もっと畠に置いておくと、正月用の黒豆になるけれど、今は一人暮らしだから自分が好きなようにして食べるのだ、と言った。近所の人も出稼ぎに行っている。残っている家ではパルプ工場に勤めたり、山の営林署の雑役をしていると話す。山の方からかすかにチェーンソーで木を切る音がする。川音にまじってリズミカルにひびくのはパルプ工場の音か。

海から離れているこの山には緑色の樹木が生えている。落葉樹もまじって枯葉におおわれていたりする。道の片側の山は影になり、片側の山肌には日が当っている。老女が黒豆を旅館で茹でてもらえと二、三本くれた。それを提げて歩く。山を背に駐在所のような町役場の支所があった。職員が一人いた。彼は熱心だった。

「この上ノ国はシャモがどこよりも先に住みついたところですよ。松前よりも歴史は古いですよ。あそこはアイヌに攻められて全滅して上ノ国に逃げて来たのですから。シャモってアイヌ人が和人のことを言っていたわけです」

私はこのあたりのことを書いたパンフレットでもありませんか、と、窓口に寄ったのだが、引き返す潮時がつかめぬまま、しばしアイヌとシャモのたたかいを聞いた。アイヌの酋長のコシャマインは勇ましい男だった。彼は軍をひきいて、その頃函館から松前へと沿岸に沿って住みはじめたシャモを攻めた。もとはといえばシャモがアイヌの少年を殺したからだった。シャモは次々にやられて、上ノ国の花沢館に追いつめられた。天ノ川が流れ込む海岸にその館はあった。この湯ノ岱から西へ行った所にその遺跡がある。

その花沢館に武田信広というのがいて、彼は敗けたとみせかけてどんどん逃げて、そして、木の洞にかくれた。コシャマインが追ってくるのを、かくれて待っていたのだ。それとも知らぬコシャマインを、矢で射殺した。けれどもアイヌはその後も幾度も攻めて来て、このあたりは決戦場となった所です。百年ものあいだアイヌはたたかって、この山や谷川にはアイヌの住居があったわけです。

「そんな歴史のある所です、ここは。そして上ノ国から松前のほうにシャモの中心が移って行ったわけです。松前に移ってからも何度もアイヌとたたかい、講和を結んで酒を出して、酒を飲んでいる時にだましうちにしていますよ。ここは支所ですからパンフレットはありませんけど、あなたの家に送ります。どこですか、家は」

私は彼がさし出した用紙に住所をメモした。彼は三十代である。

「シャムクシャインの娘婿はシャモでした。松前藩は武田信広の五代目の孫が松前と姓を変えて、徳川家康から藩主とみとめられて始まりました。アイヌをさんざんだまして不正な政治をしましたからね、シャムクシャインのたたかいもあったわけです。そのたたかいは上ノ国から松前に館が移ってからです」

私は工事現場での用は手間取らないと言ったA氏との約束の時間が気になったが、この職員の発想は無理なく聞くことができた。毎日一人でここに勤めているようであった。彼は北海道の歴史を偏見なくふりかえろうとし、旅の者にもそのような心で旅行してほしいのだろう、一生懸命に話した。彼が眺めている山と過疎化してゆく今日の里の静けさが、その語りの中に溶け合っているのが感じられた。

私が泊っている丹波屋は四代前に丹波を出て秋田に住み、秋田から更に松前へ移ったのだそうで、故郷の地を宿の名にしたという。町並を歩いて気がついたのだが、松前町には旅館が割合多いのである。この町に泊って沿岸のむらや山間の集落へセールスに行く人が多いせいだろう。が、近年は国道が半島をぐるりととりまいて、小砂子《ちいさご》のあたりの工事もついに終ったため、泊りがけのセールスが減ったという。そのため町の旅館は宴会とか家族連れの行楽とか転勤の人の宿泊とか、というぐあいに変りつつある様子だった。

駅前のこのあたりの地名は博多という。この町には唐津という地名もある。私は江戸時代の海路が日本海をずっと下って、下関から瀬戸内海に入り大坂堺港に着いていた頃の、西廻り航路をしのび、その航路とかかわりの深かった九州の博多や唐津の港を思った。が、ここの博多には航路に関係した伝承はない。

「博多の名は、今は埋め立てていますけど、海に大きな岩があって、そこで昔船乗りや漁師が盛んに博打をしたそうです。だから初めはバクチ町と言っていたのです。それがハカタになったそうですよ」
二、三人にたずねたが、どの人もそう言った。
なぜ博打が博多になったのか、もう一つわからない。町の旧家には、唐津近くで焼いた焼物の古伊万里などが残っている。

「古伊万里だとも知らずに使っておりました。船板の下にでもいれて運んだものでしょうか、帆前船で運ばれましたものです。船は途中の産物を、輪島の塗物とか伊万里とか、酒のほかにも運んで来ましたそうです」

そう話すのは九十一歳になる俳人武田檳榔子《びんろうじ》氏の家族である。母方が松前藩につかえた。明治十二年から酒屋をはじめ、秋田山形の酒や灘の酒が帆前船で運ばれるのを商ってきた。

「博多や唐津の地名も何かいわれがありましたかもわかりませんね。春三月から十一月頃まで帆前船は来まして、このあたりの浜のどこにでも着けましたそうです」

会話が不自由になった古老のことばを聞いて確かめては、そう家人が語った。旅先で聞く博多や唐津の呼び名は私に夢を描かせる。

夕食後、旅館を出て生ビールがあるというスナックへ行った。ドアを押すと、薄あかりがともった店のソファに若者が三人、あぐらを組んで笑っていた。いらっしゃい、と、中の一人が立ち上がった。店のあるじらしい三十代の細身の人だった。私は昼間知り合った人とカウンターでビールを飲んだ。小学生の男の子が、「おとうさん」と言ってカウンターの中に入りマスターに宿題のノートを開いて質問した。算術だった。

「宿題むずかしいか」

私の連れがそうたずねた。

男の子がはにかんでいる。

「親のほうがわかんね」

マスターが笑った。

「ビールくれ」

ソファから若者が声をかけた。高校生のようにみえるが、卒業して漁に出ているのだという。

「ややあ、おまえ……」と、ドアを押すなり彼らに話しかけた若者が、どっかりとソファに坐り、にぎやかに消息を伝え合った。

「あいつ営林署の仕事に行ってるけど帰省したんか。あいつら同級生です」

マスターは三人分のビールを運んだ。そして戻って来ながら、

「うちに昔の書付けあるけど、古い物ないかって、あんた、この前話していたんでない

の」

と、私の連れに話しかけた。

ドアが開いて、「やあ……」と若者がまた来た。出たり入ったりして仲間を呼び合っているのか、七、八人にふえて淡い灯のもとで歌うこともせずしきりに話し合う。マスターが女房に持ってこさせた風呂敷包の中に、昔の書付けというういくつかの草紙があった。刀鑑定のしおり、家康ものがたり、関ヶ原たたかいの地図などだった。

「これ、どうなさったのですか」

私はたずねた。予想とまるでちがっていたから。

「買いました、こっとうやで。

この地図ほんものと言ったけど。関ヶ原の時の。こっちが大坂方……。これは大坂方の地図らしいですよ」

ひろげた和紙の中を指差した。私ものぞきこんだ。私の中で時間も空間もぷつりと途切れた。天下分け目の関ヶ原合戦がなぜ今ここに？　新幹線が走る関ヶ原は私が通る時よく雪が降っていた。合戦にどよめく人影と私とが、糸の切れた凧のように暗い海原の上をゆらゆらする。

松前はやはりわからない……。

私は自分を引き寄せるように、地図をのぞくマスターの頭ごしに視線を泳がせた。正面に戸棚があって、コップと数本のウイスキーがさみしい。

三

松前から江差へ行くのは陸上はあまり便利ではない。ディーゼルカーで木古内まで引き返し、ここから江差線へ乗り継がねばならない。つい一年ほど前に日本海沿いのバイパスが貫通したとのことで、私はタクシーを頼んで江差へむかうことにした。だが、このタクシーの運ちゃんが話好きで、たえまなくしゃべられてくたびれてしまった。それもタクシー会社に電話をして、三十分あまりも待ってやっとやって来た車だった。彼は私を乗せるとしゃべり出した。

「お客さんが会社に電話したのがちょうど朝の交代時だったでしょ、わたしはきのう一日中畠仕事して肩凝って肩凝って。だってうちの畠、機械でないんだわ。機械はね、どの機械だって三十万以上だからね、タクシー会社の給料じゃ買えんですよ。あたしは女房と二人でなんもかも手でするの。くたびれるよ。話にならんよね。わたしは東京でちょうど十年会社に勤めていたんですよ。女房もね。共稼ぎよ。だけどね、子どもがちいさい時はいいけど学校行くようになると金がかかってね。東京は金がかかるよね。こんなことじゃ子どもにもよくないんじゃないかとね、女房と話してね、そして東京で溜めた金で及部のほうに畠買ったんですよ。

ほら一時期はやったでしょ、故郷にUターンていうの。脱サラよね。あたしはね、脱サラですよ、脱サラ。

脱サラやってね、米も作ってますよ。水田五反。畠すこし。バレイショ、アズキ。アズキだって一俵近く売りますよ。バレイショは個人売りしちまうから消費者によろこばれてね。ひとつひとつ選んでそして二十五キロを二千円で売ってますよ。もうからないねえ。くたびれ損だね。百姓はバカだよね。それでもどうかなあ、わたしみたいなやり方がいいかもしれんよ。これがバレイショ百俵二百俵て作ってごらんなさい。農協を通して売れば長期安定かもしれんよ。しかしどうかなあ、そうなりゃ機械も必要でしょ。機械代と相殺して手元に残るのは、わたしのやり方とどうか……」

女房と話し合っていて結論つかぬまま、せかされて勤務についたのかもしれない。私は相談相手になる力がない。

「わたし十キロ千円で北海道から送ってもらったことがありますよ。こっちのイモはおいしいですね、茄でると煮くずれしちゃうから柔かになる前に味つけしなきゃいけませんね。おいしいからよろこばれるでしょ」

そんな話を時折する。肩凝った、を連発する運ちゃんは私の相槌をとびこしていく。私は肩をもんでやらなきゃいけない気になって、落着かない。私の肩もみは上手なのだが。

私の相槌もだんだん下火になり、遂に要求する。

「あのね、ちょっと立寄りたいところがありますから途中旧道へ入ってください。国道びゅんびゅん行かないでよ。旧道に寄ってください」

「どこのむら？　どこでもわたしはばっちり知ってますよ。どこの誰？　何の用？」

「どこの誰かわからないのよ。旧道に入って、あ、ここだって思った所を言いますから、止めてください」

「あ、ここだって。そりゃ名前言ったほうが早いよ」

「いえ、名前知らないの。わたしね、割とカンがいいの」

「名前知らない？　何を目当に行くの。目的は？」

「あのね、気にいった所でちょっと休みたいの。そのむらの人の顔が見たいのよ」

「顔？」

「ええ。旅行中だから。すみませんけど、旧道に入ってください。急がれるんですか。帰ってまた畠ですか？」

「いや、そうじゃないけど。国道これ出来たてだよ。気持ちいいよ。旧道はね、海岸でごたごたしてますよ」

「あ、そのごたごた、好きです。すみませんね。目的のない旅だから説明できないのよ。働いている人の顔が見たいの。あなたのお顔もよく見てます。ちょっと松前ふうではないわ、東京ボケがなおってないわ」

「ははは、やっぱり……。半分はね、後悔したりね。おやじがさあ、病気になったでしょう。子どもが上二人はいいけど、下はね、田舎がいいかなあと思ったり。脱サラしたのにタクシー乗るのはねえ、腹立って。タクシーなら東京がいいよね。サロンパス背中べたべた貼って走ることないもの。今日休もうかと思ったけど電話じゃんじゃん来るでしょ。お客さんが待ってるって言うでしょ」

寄りたいと思った赤神をやりすごした。次の集落あたりで、そこ入ってください、と言う。車はとある坂道を下ってちいさな漁村を通る。

「こんな所がいいの？　つまらんですよ」

私はもうだまっている。ここは入江がないので防波堤の短いものが作ってある。西風がまともに吹きつける。背後はすすきの山。このような山の名は木無山《きなし》というのだそうで、木無山は白神岬から始まって、赤神を過ぎてもつづいているのだ。

「すみませんけど、ちょっとここで待っててください」

私は急いで海岸の家へ寄って行く。

昔ながらの板壁の家々が屋根を低めて建っている。時折新建材でアルミサッシの今ふうの家もある。私は小走りで行く。腰に手を組んで老人が通る。海上に島が見える。私は老人に問うた。このあたりに能登の輪島から移って来たお宅がありませんか、と。

「ああ、そりゃあそこじゃろ」

老人はゆるく下っている道の先の方を指差した。

私がその家を訪れた時、輪島市海士町から嫁に来たという女が、かかとまでのスカートの上にセーターを着て炊事場から出て来たところだった。けげんな顔をした。私は輪島の海士町を訪れた時に、海女たちから北海道の小島大島のあたりにアワビ漁に行ったという話を聞いたこと。またそのあたりの対岸に移住した仲間がいると聞いたこと。そして輪島海士町を訪れたわけは、私が住んでいる九州の福岡県には鐘崎という港にアワビ漁をする女たちがいて、昔輪島あたりまで漁に行き、ついに海士町にわかれ住んだと伝えているからで、鐘崎は私の家から近いこと。そして女が海にもぐって漁をする仕事がそんなふうに遠く広くつづいていたことに心引かれたからでした、と話した。

「ありゃあ、そうね。あたしのほかにもいますよ。海士町の人は昔の人ならもっといますよ。海入る人も四、五人いるの。あたしも好きだからね、やっぱり入るの。今日は休んだけど。そうね、九州のあそこね。聞いていましたよ。そう言うよ。鐘崎があたしらの祖先のところって。海士町の漁協からそこに行くんじゃないの。そこの港に」

「そうです。毎年漁協から交流にみえます」

「まあちょっと上がらんね。お茶でも」

「いえ、車に待ってもらっていますから。お元気で仕事をなさってください。鐘崎も海士町もう女の人で海にもぐる人いらっしゃらなくなって。でもこの頃輪島から宮崎かどこかに指導に行ってる娘さんがいるそうですよ」

私は遥か上代から伝えて来た女の仕事が、今終ろうとしていることと、それがなんの遺跡も残さぬまま忘れられるだろうことを思いながら、最後の海女となるだろうその四十代の人に別れた。海で働けもしない私だから、これは感傷にすぎなかろう。が、歴史の跡というものもひどく不公平に思える。庶民の暮らしはこうして消えてしまうのだろう。

急いで車に戻った。

バイパスは木無山の山腹をけずって一直線に走っている。海岸の集落は時々遠く離れる。一度は行ってみたいと思っていた小砂子も、ここは岬のようになっているらしく、バイパスはその集落を離れて、沿岸に二十メートルはありそうな高架をつけて前方に伸びているのだ。寄り道を頼むのも気が重くて、心残りのまま私は車をとめてもらって湾をへだてた小砂子を眺めた。

「お客さんお客さん、そこで眺めるよりここがいいよ。ここ。ここからの角度がすばらしいよ。絶壁の眺めがすばらしいよ。来てごらん」

彼は親切なのだが。

小砂子は岬の海上数十メートルの絶壁の上に、赤や青の屋根をちいさく重ね合せたようにして、こちらから眺められる。こちらの国道もまた絶壁から絶壁へと高架で結んである。

下はあおあおとした海である。

海上に漁船がちらちらと見えている。海は秋の日射しを照り返し、おだやかに輝いている。小砂子のあたりの道路工事は困難をきわめたと聞いていたが、なるほどこれはなかなかの工事だったろうと、目がくらむ高さの、まだ新しい道に立つ。行き合う車は皆無である。バイパスの片側はそのように青い海であり、片側はずっと木無山のすすきや枯草で、表土のすぐ下は岩盤のようだ。山はゆるやかにうねっている。

小砂子の崖下は波止場が作ってあるらしい。船が崖に引き寄せてある。海上に赤い灯台。柳田国男はちいさ子について論考し、神の子が流れ着いたという信仰によるものだと、スクナヒコナをはじめ各地のちいさ子の話を伝えた。その論考の中にこの小砂子も入っていた。また、菅江真澄ももとよりこの地を記している。

彼は歩いて旅をし、小砂子の浦の漁師の家に宿をかりた。主人はニシン漁に出ていて老いた母一人留守をしていた。そして小砂子の地名の由来を真澄に語った。

「昔、この磯山の土を採ろうとして小舟に乗ってちいさな男たちが寄せて来たそうです。ここの浦びとがびっくりして小舟のあとをつけて行きました。けれども荒波にへだてられてとうとう行方を見失ったそうです。それでもそのちいさ子の国から、時折波に乗ってあの国の網浮《あば》が流れて来ます。糸などがくっついた浮子です。その網浮を焼いて炭にして、やけどほんとうにちいさ子のくにがあるものでしょうか。

の薬にしています」

老母はそう語ったのだ。

それを見せてください、と真澄は言って、とじ重ねた木の皮のような、朽ち木のようなものを見せてもらった。彼は、これは紅毛人が酒用の器の栓にするキルクというものだ、彼らがそれを持って日本に来たということを聞いたことがある、と思い、「遠いところから流れて来たものでしょう、どこの国かはわからないが」と、老母に言ったのだった。

潮が運んでくるものは、昔も今も、知らぬ他国をしのばせる。その頃はキルクが紅毛人の浮子になっていたのか、いつか鳥取のあたりで、韓国からパカチの実が浮子に使われていて流れ着いた話を聞いた。パカチはヒョータンのように中が洞になる丸い大きな実である。近年は硝子製の浮子が流れ着くそうだ。韓国の文字をつけて。

小砂子の遠景を、ブリューゲルの絵のような所ではないかと想像している、と言った函館の人がいた。近年のこのあたりのことを想像するにふさわしい生活が、彼のまわりにあるのだろう。晩秋の丘に赤や緑の屋根瓦の家があり、枯木の林が遠近に見え、そして働く男女や子どもがいるブリューゲルの絵の幾枚かが思われた。雪をかむった村の絵もあった。静寂な丘の中の、男女の一瞬の表情が、善意と狡猾さとを浮かべていた。樹木は永遠の姿を見せて枯れて輝いていた。

「ほんと、ブリューゲルの絵を思わせましたよ」

私は彼に会ってそう言いたいと思った。

私が予想していた小砂子は、津軽の脇元とか小泊とかの浜辺に似た丘の下のむらであった。私には丘の上の家々は予想できなかった。そしてこの色彩も。

面白いことに、日本海沿岸の本州の民家は黒と白を基調にした、どっしりとした瓦屋根であり、太平洋側の民家は青森をふくめてどこも北海道の民家のように、色鮮やかな鉄板の屋根である。が、松前は北海道の町だが、伝統を残して日本海側の色調が基本なのだった。

小砂子の丘の上の家々は近年のものだろうと、私は湾を越して眺める。丘は岬になっているからブリューゲルよりもずっと明かるい。が、風も雪も吹きつける。きっと丘の下にも真澄が見たように、家々はあるだろう。

運転手さん自慢のバイパスが三十メートルはあるという橋桁の上で光っている。真下は海なので彼は折々車をとめる。

「お客さん降りてごらんよ。のぞいてごらん、すごいよ」

私はへこたれる。

「夏はね、若い男も来るけど、男だってこわがってきゃあきゃあ言うよ。見せたいよ、ここも降りて見てごらんよ」

「もういいわ」

「見せたいんだから。ほらア、この下ア、目えまわるよ」

　草山の木無山がまだつづく。

「あそこ、くぼんでいる所、あそこが旧道よ。くねくねしてね、がたがた道でね。走りにくかったよ。わかる？　旧道の跡」

　バイパスは一直線でまっ平である。登り下りもなく橋桁で支えられている。が、木無山にうねっている旧道は、バイパスから見下ろしたり見上げたりするほどである。その旧道の跡も、薄れかけている。石崎川にさしかかった。この川の上流が大千軒岳だ。黄金山、黄金ノ滝などもある。幾万もの人びとが砂金めあてにやって来た所である。昨今も鉱業が行われているのか、川辺にそれらしい建物がちらとした。川口付近は砕かれた砂利で浜も海の中も灰色である。人家なし。川に上手もない。

　海岸沿いに数軒の家が建って小店もある羽根差を通る。このあたりは旧道とバイパスが接近しているので旧道に入ってもらう。車から人影を見た。袖なしの綿入れを着た初老の男。車を磨いていた青年。汐吹《しおふき》の浦を通る。女が器のものを海に投げ捨てて家へ入る。そしてまた草山や入江のない崖っぷちに数十軒の民家など。

　旧道はもう野に戻ろうとしている。山には時に畠の跡もある。ウツギを畠の境界に植えていたのが木無山にわずかな人工の跡を見せている。

「畠をあきらめたのでしょうか」

「ここは畠だったよね、総理大臣は頭が悪いよ。日本は土地がないと言うでしょ、わたしから言わすれば空地だらけよ。なんぼでもあるよ。これみんな国民にわけてやってごらんよ、働くよ。空いた土地も利用せんで狭い所に家どんどん建ててさ。兎小屋とかなんとか外国人に笑われてるからね。わたしが大臣なら空地を利用するよ。これぜんぶ国民の希望者に無償でやって牧場にするね。土地やれば欲出して働くんだから。別荘地だってもってこいだ。建ててからやるって言えば人は来るよ。国が金使わずにおまえらでやれったって、そりゃね、引き合わんからやめるよ」

「そうですね、国は企業にばっかり肩入れするわね。ここでバレイショ作ってたのかなあ」

「わたしが十年前に脱サラした時はここ米も作っていたよ。ほら、あそこ旧道ですよ、登ってるでしょ、あれ。あれ通って苦労したねえ、がたがた道でよ。みんなそこを肥料運んで畠作っていたからね、田んぼだってあったからね。よし、おれもやるってね。そう思ったですよ。人ができて自分がやれん筈ないって。誰だって機械なしでですよ」

「そうでしょうね。やめた人たちどうされてるでしょうか」

「どっか行ったでしょう。出稼ぎに」

　洲根子岬をめぐると海が茶色になった。

上ノ国町の中心部は天ノ川がゆったりと流れる野であった。山も野を囲んでいる。屋根の大きな寺や民家が落着いた生活圏を作っている。この川の上流に湯ノ岱があるのだ。天ノ川には両側の山々から幾本もの支流が流れこんでいるので、水量たっぷりと流れている。車が山から野に降りてなぜかぐったりと疲れを覚えた。世帯くさいというか、当世ふうというのか、焦点のぼやけた集落が川辺にかたまっていたりして、私をほっとさせたのだろうか。上ノ国町にひらけている、私の暮らしによく似た風情。まあまあの暮らしぶりのうらさびしさが、ここから江差町へかけてつづく気がする。

「お疲れになったでしょう?」

私は口数がすくなくなった運転手さんに言った。

江差町に入ったらしい。

第三章　少年と姥神

一

半円を描いたように海に突き出ている江差の町は、西北の方角に日本海がひろがっている。町はゆるやかな山の斜面に扇状にのびている様子で、坂になった街路を登りながらふりかえると、青い海がのぞめた。私は気ままに歩いた。山腹の町は段々畠のようになっている。坂の道は幾度もゆきどまりになった。何かの建物の裏だったりする。引き返しては別の道へ曲った。

繁華街にはレコードの曲が流れる店もあり、小ぎれいなコーヒーショップもあり、小型のデパートや洋品店や食料品店が並ぶ。松前町からやって来ると、モルタル建築の商店が奇妙に新鮮に見えたりする。飲食店が目立つ。江差はまわりの集落を加えて人口一万四千ほどである。人口の割には食堂と名のつく店が多い。誰が入るのだろうと思うほどだが、私がタクシーで通って来た海辺のむらも消費物資を求める町といえばここだろう。山の中にあった集落の人も、ここでまにあわせるかもしれない。江差はこの近郊の商都として成り立つようである。信用金庫や商工会、相互銀行、裁判所や檜山支庁、町役場などもある。

私は一通り町を歩いて駅までやって来た。車輛一台きりのディーゼルカーが出て行くところだった。

そういえば私が函館の駅で一緒になった、あの見送りの人と乗客たちの幾人かは、江差か上ノ国かに縁ある人であったかもしれない。あたたかに別れを惜しんでいた。あのような別れ方を忘れて久しくなるな、と思う。車や飛行機の時代になって、いつでも会えると今は思うせいか、一期一会の思いも薄くなった。今歩いている町も今後もやって来るような思いでぶらぶらしている。ほんとうは明日のことさえ知れないのに。

海へむかってとろとろと道を降りて、途中の食堂へ入った。割合に広い店だが、客は若者がひとり注文の品を待ちながら新聞を読んでいた。食堂は隣の土産物の店につづいている様子だった。そちらも静かである。観光シーズンも終ったとみえる。といってもここは観光町か?

いつかテレビが江差追分全国大会というのを放映していた。空や海にむかって朗々と歌う追分は、いかにも江差にふさわしく思えた。哀切な仕事唄が、今は舞台の上で歌われている。が、それでも江差は労働の唄にふさわしい。こうした催がこの土地柄を人びとに思い出させるだろうと思ったことだった。江差追分は誰が作ったとも知れず同業者のあいだで生まれ、船で運ばれ酒宴でにぎわい、各地の追分とも影響しあってひろまった。正調かどうかなどは唄の現場を失った後世の語りにすぎないほど、多くの出稼ぎの人びとが声を張りあげて歌いもし、あるいは小声で波にうったえもした唄だった。

かもめの鳴く音に
ふと目を覚まし
あれがえぞ地の
山かいな

潮騒とかもめと木無山と、そして働くことが生きることであった人生。

忍路《おしょろ》高島
およびもないが
せめて歌棄《うたすつ》

ニシンが松前や江差の浜から去って、沿岸を北上するようになった頃の唄だろう。漁業基地の女たちが、漁場へ出て行く男をしのぶ趣に歌われている。

がらんとした食堂の椅子が固い。

奥の方でけたたましい女の笑い声がした。若者がそちらをふりかえって、にやっとして私を見た。

「たのしそうですね」

私もつりこまれて言った。

「酔うとあの人すごいよ」

丼をかかえて言う。食事を運んで来た女が表を掃いている。笑った人の姿が見えない。この店のあるじか家族だろうか。客など眼中にない様子で、のけぞって笑っているのが手にとるように感じられる。二、三人の男のざわめきがつづいた。

「二日酔いみたいね」

私はささやいた。

「あんなもんじゃないよ、あの人、すごいんだから。あれは酔ってるうちではないよ」

高校生かな、卒業したばかりかな、と思うその若者が、顔をしかめてみせた。

私は思い出して彼にたずねた。

「江差に姥神神社があるそうですけど、ご存じですか。さっき町をまわったけどわからなかったの」

彼が、「今日は暇だから案内していいけど」と言った。江差の高校の電機科を出たのだそうである。

私は連れ立って店を出た。

「ゆったりした町ですね」

「変化がないよ」

「それでも住みよさそうな感じですよ」

「そうかもしれんけど……。どうして姥神神社のこと知っていたのですか。テレビ見た?」

「テレビ? 放映したの?」

「すごいよ。山車《だし》が十何台も出るから。観光客の人も来るよ。もっと早く来ればよかったよ。見れたもの」

「ああ、お祭りですか」

「姥神神社の祭りですよ。あれはね、ニシンの神さま。ここではそう言うよ」

ジャンパーのポケットに手をつっこんで、彼は日射しをまぶしげに仰いだ。そして友人でも探すようにあたりを見廻す。

「どうして江差に来たの。おばさんどこから旅行に来たのですか」

「九州。九州の福岡」

「へえ。遠いな。ここ見るとこないしょ」

「あたしね、普通の人の歴史が好きなの、この町は歴史が古いでしょ」

「ああ歴史が好きなの。おれね、オートバイが好き。あれ乗ってね、ラリーやったよ」

「どこで練習するの」

「あの山なんかでやったよ。こんな坂なんか平気さ。このくらいの角度だって平気。すこし前車輪上げてね、後車輪でね、こういうぐあい。びゃあっと降りるの」

「いやだ、おそろしくないの」

「そんなことないよ。気持ちいいよ。こんなにがたがただって平気だよ」

彼は山や谷を手で作った。

「いやねえ、けがするわ」

「平気平気」

「いい道でなさいよ。山は危いよ」

「大丈夫だ。おれ上手だ」

彼は両手でハンドルを切ってみせた。

「跳ぶと頭がすうっとするよ」

「どんな感じかなあ。

あたし子どもの頃ブランコびゅんびゅん漕いで高いとこから、ふわあっと飛び降りて遊んだけど、あんな感じ？」

「うん。まあね。

スピードがあんだよね」

「ははあ」

「でもまあ、ブランコでもいいよ。ほら、手を離した瞬間に浮くしょ？」

「そう、浮いた浮いた」

「すうっとするしょ。あれと思っていいよ」

「そう？」

「それで競走するの。山で」

「山って、あなた、山の道はころばない？」

「まだ骨折していないよ」

彼は腕をまわした。町角の国道が見えるあたりに鳥居が建っている。

「骨折なんか、してはだめですよ。何カ月もかかるわよ、よくなるまでに。きれいな道がいいでしょ。そんなとこないの」

「面白くないよ。顎とひじは縫ったけど」

「馬鹿ねえ」

「おばさん知らんだろうけど、いろんな競走ができるんだよ。山道は面白いよ。

ここが姥神神社」

青少年の話に気をとられていて、このあたりの様子がつかめなかった。さわやかで率直で感じのいい若者である。

神社は境内もない狭さで鳥居のすぐ前に本殿。その横に石の祠が二つ三つ。祠の中に男根石。そばに瀬戸物の狐と首の落ちたちいさな地蔵がそなえてあった。この祠のほうが姥神神社の原型を思わせた。

「なんだか感じがつかめないなあ。この本殿は姥神さまではないわね。えらい神さまが合祀してあるみたい」

「あのね、かもめ島に姥神の岩っていうのがあるよ。あっちのほうがいいよ。あそこがもとだもの」

彼は先立った。トラックが走り抜けるバイパスを、私たちは横切って海に突き出した道をかもめ島へ行く。

「姥神さまは昔は津花にあったたって話です。津花はあそこ。あそこ漁港だ」

「漁師さんたちのところね」

「そう。ほら、あのあたり。以前はみんな砂浜だったたよ。今バイパスになったけど。

昔ね、かもめ島にね、姥神になったおばあさんが津花から海の様子を見に行った時にね、仙人のような人からとっくりを渡されたって。おれ、その人、仙人みたいな人がね、神さまだって思うよ。

でもね、みんな伝説だ」

かもめ島には橋がかかっていて、島の砂浜まで歩いて行くことができた。砂浜には空缶が散っていた。

オートバイ青少年が話す。

「その仙人みたいな人が、『このとっくりの中のものを海に流しなさい。そうするとニシンが群来る』、と教えたんだ。姥神って人はね、漁師にニシンの獲り方を教えた人だったのよ。だけどその年はニシンが来なくてね、みんな飢え死にしそうになっていてね、ばあさんも心配してこのかもめ島に様子を見に来ていたのだと思うよ。その時に仙人みたいな人が、そのおばあさんにとっくりを渡したんだそうです。

ばあさんが言われた通りにすると、ニシンが押し寄せて来て、そして漁師も町も助かったそうです。それでそのおばあさんにお礼を言いに漁師たちが行ったところが、もうその人、いなかったって。

ほら、あそこに岩があるしょ。お酒のとっくりが逆立ちしてるしょ。あれ。あれが姥神の岩です」

岸からすこし離れた波の中に、酒瓶に似た岩が逆立ちしていた。砂浜で子どもたちとその守りをする中年の女が遊んでいた。

「おかげでとてもよくわかったわ、ありがと」

「ここキャンプ場だけど汚れてるな」

砂浜には舞台も作ってあった。

彼が、まだ片付けてない、とつぶやいて、七月にかもめ島祭りが催された跡だ、大勢の人が集ったよ、と言った。演芸大会がこの舞台で開かれ、海で遊んだり演芸を観たりした様子である。常設のレストランめいたものもあったが閉まっていた。海の反射がまぶしい。

「郷土資料館があるよ、町はずれの山の上だけど。おばさんが歩いて行くのは、ちょっと。おれなら三十分かそこらで行くけど」

「どうもありがとう。わたしの息子はね、わたしと一緒に歩くと、あんた這ってるの、ってわたしに言うの」

私たちは島をすこし登って草に坐った。対岸に江差の市街が見える。山腹に上へ上へとひろがっている。寺や旅館が段々畠のように重なって登っているのだ。

「おれね、あと十年してね、おやじのあと継ぐつもりです。おやじは今五十六だから十年はね、おれ自由にできるから。自分のしたいことして……」

「ちゃんと考えているのね。ご両親はうれしいでしょうね。お家はご商売ですか」

「いや、この先の山の中で農家です。いまアズキやバレイショ作っているよ。おれね、ちょっと都会にも行っていた。でも姉が嫁に行ったしね、だから帰って来てね、十年は自分の好きにするっておやじに言ってね、でもちゃんと暮らしてるよ。今ね、運転手しているよ。きのうおやじに煙草代やって来た」

二十歳にはまだ間がありそうに見える彼が、迷いの中をオートバイで駈けめぐっているのを思う。私の息子も野宿しながらオートバイで帰省したことがある。夏休みに。京都から。鼻柱が日焼けして一皮むけていた。

「若いのですものね、お父さんもいろいろ経験させたいと思っていらっしゃるでしょう。あなた農業のことはいくらか知ってらっしゃるの？」

「手伝ってるもの。おれ、電機科出だけど農業も電機の知識いるよ」

「そうでしょうね。山の農業は平地とかなりちがうのかしら」

「ちがう。熊に荒らされるから」

「熊？」

「なんぼでもいるよ。今年は水不足だったから山に食べ物がすくないから危いよ。おれ、この前帰った時、熊が通ったばかりのとこに行き合った」

「通ったばかりってすぐわかるの」

「わかるよ。木を折って行くもの。踏んだ跡なんてすぐわかる。匂いもするしね」

「……」

「狐、狸、兎なんかいくらでもいるよ」

「……」

　オートバイは自宅に置いているのだろうか。父親が住んでいる山は木無山ではないようである。そういえば江差は、かつてニシンとえぞ檜の積出港だった。松前から上ノ国を経て江差にタクシーで私は入ったのだが、江差町に入ってすぐのあたりを五勝手といって、山で働く人びとの多かった所だと聞いた。が、彼は五勝手とは方角ちがいの方を指差して、山の中で農業と言ったのだった。

「北海道は広いからね、車とばしてとばして百キロなんて普通だよ、それでも次の町までなかなか行かないよ。もういやになるよね。でもね、このあたりで給料取るなら、ほかに仕事ってないから」

　彼はこの頃オートバイに乗ることもすくないのだろうと、私は思った。

二

　小道を入って行くと書店があった。文具屋を兼ねていた。江差の本はなかった。土産物屋で『江差の繁次郎』という小冊子を買った。地元で語り伝えた頓智者の小話である。父親は能登の者と伝えているとか。能登の千ノ浦にあった頓智話と類似している。

五勝手屋という菓子店が表戸も清らかで目を引いた。昔、檜を切り出していた五勝手村で杣人がアズキ栽培に成功し、そのアズキで菓子をこしらえて藩公に献上したのがこの菓子店の屋号のはじまりとのことだった。

「ずいぶん昔から地元にお菓子屋さんがありましたのですね、栄えた町だったそうですからお菓子屋さんも多かったのでしょうね」

私は生菓子を包んでもらいながら言った。折目正しい受け答えの若い女性が、お時間がおありでしたら二階に休憩所がございますので、おくつろぎくださいませんか。古いことを知っている店の者を呼びますけど、と言った。土蔵を店に改造したものだそうで、太い柱や梁が残っていた。二階には明かるい光がただよい、山小屋ふうにしつらえた休憩所と茶室があった。お茶をいただいていると、別の女性と垢ぬけた老人とが笑顔を出した。二人はここに嫁いで十二年になるという若夫人と、五勝手屋の先代の友人だそうで、「居ていただくだけでいいからとお願いして来てもらっていますけど、五勝手屋の看板みたいです。観光のお客さまのおたずねにお答えしていただいています」と若夫人の古老紹介であった。部屋の片隅に菓子の古い木型も置いてある。ゆきとどいていて、ひかえめな、くつろぎやすいふんいきが二人から伝わる。ほっとした私は、港がにぎわっていた当時の旅の者への接し方が、こうして残っている思いがした。

笑顔の老人は窓の外を見やりながら、「この町筋にも米問屋、砂糖問屋などの大店がございましたが、みなよそへ行かれたりつぶれたりしてなくなりました」と語った。

「文化財になっていますす中村家は、大橋さんという江州からおいでのお方のお宅でした。このへんでは江州衆といいました。海産物の売買などしておられました方のお宅です。そのような店も十軒はありましたでしょう……。時代が変りまして、子孫の方が遺産も食いつぶされたりで、江差にはもう昔の面影はありませんでしょう」

「ここのお店はいつ頃からでしょうか」

「さあ商人のことで、その時その時の暮らしをしますが、でも、もうかなりでしょう」

若夫人が、主人の祖父が明治三年生まれですが、祖父が生まれた時からお菓子屋だったそうです、と言い、「わたしは函館育ちですから、キャンプ場のあるかもめ島に行ってみたいと思っていましたけど、まさか江差で暮らすようになるとは思いもしませんでした。この地方のことも店のことも何も知らないものですから、いろいろお習いしています」と、古老を頼りに話すのがさわやかである。

この店の洋羹について面白い話を聞いた。客が、この洋羹を利用して吸物を作ると、昔ながらの味がすると話したとのことで、洋羹利用の料理とは祝事や法事の折の吸物である。この地方で昔から作られてきた。アズキのあんを白玉粉で包んで、うずらの卵よりやや大きめの団子とし、茹でてから濃いめの吸物のたねにしたものである。

古老が、「商家の風習でしょうか、このあたりでは京都ふうのものだなど言っていますが。江差は弁財船が入りました頃、京都との商取引きが多かったので、ことばなどにも名残りがあるなどと言っています」と語る。

「弁財船の寄港地ではどこもそう伝えていますね。津軽の深浦もみなさん京ことばが多いとおっしゃっていました。昔の荷は若狭から京都へというコースでしたからきっとご縁が深かったのだと思います。あん入りの白玉団子のお吸物で思い出しましたけど、あん入りのお餅でお雑煮という地方がありますのですね。瀬戸内海沿岸に。松山とか。山口とか。あ、九州の佐賀にも」

あんの甘さと醬油の汁が調和して、ハレの日の味には欠かせない、と、その風習を持つ人が私に語ったことがある。似たようなことをここで聞くのもたのしい。ここでは正月にクジラ汁というのをそえるそうである。秋田、新潟あたりでもおせち料理の一つにクジラ汁をそえるという。クジラのオバイケと呼ぶ白い脂身を薄く切って、ワラビ、ゼンマイ、豆腐その他野菜を加えた実沢山の汁であるとのこと。

捕鯨については松前でも江差でも聞かない。それは太平洋岸の紀州や、紀州漁民に教えてもらったと伝える玄界灘沿岸漁民の漁である。太平洋で獲れた塩漬のクジラ肉が江差に運ばれ、一方、塩漬のカズノコが江差から日本海を経て太平洋側へ運ばれたのか、年に一度の祝膳の流れ方も面白く思えた。

今は埋め立てて風情を失っている海にむかって、かつて海産物を手広く商っていた仲買商の中村家、横山家がある。浜に面した倉の中に、上方へ運ぶ荷や上方から送られて来た荷が、売買のあいだしまわれていたのだ。が、それも日本海航路の海運史とともに栄え、そして衰退した。明治維新以来の殖産興業はめざましいものだったが、その産業の変動期に海運もまた大きく変化した。帆船から汽船へ、日本海航路から太平洋航路へ。そして海上から鉄道便へと。

江差あたりで弁財船と呼ぶ船は、上方では北前船と言った。今一般には北前船の呼称で通っている。北前船は上方の大坂から下関をまわって日本海航路をとっていた。上方の繁栄は北前船によるものが大きかったのだ。封建時代に資本を貯え力量を育てていた上方の大店は、時代の近代化とともにブルジョアジーへと転身していった。が、北洋の荷を送りつづけた現地の商人は、日本海沿洋が裏日本などと呼ばれ出し近代産業に立ちおくれるに従って、ちりぢりに散っていった。

横山家はかつての廻船問屋であり今七代目という。もちろん家業はとうに閉ざして家族は都市に出ている。繁栄時代の母屋や土蔵を守って母親の横山けいさんが、当時の諸道具の一部を展示して、訪れる人に見せている。

藩制下の江差商人は松前商人とは性格を異にしていた。松前城下町の商人が近江出身者であり、組合を作って藩の御用金も、運送の船も荷も占有して他へゆずらなかったことに対して、江差商人は諸地方から出て来た者の独立独歩の集団だった。郷里に資金源も持ってはいない人びとであったから、相互扶助の講を作り、江差を漁業基地にしてニシン漁場へ出かけた。漁夫を雇って漁をし、次第に財を成した。そして出身地などへも出店を出すほどになっていたのである。

私は横山家で昔の話を聞き、展示の品や土蔵を見せていただいた。漁業基地の問屋は若狭の小浜など荷揚地の問屋とは、家の趣がちがっていた。働く人を中心にした、構えはがっしりと品がいい。が、質素な作りである。家の造りに遊びがない。町全体の気風もまたおそらくこうした個性を持っていたろうと思われた。弁財船は全国各地からそれぞれ著名な品を運んで来て、生活用具のこまごましたものまで他国の品が揃っている。いかにも出郷地の大店の感がする。

江戸時代の後期に古川古松軒が江差に来ている。彼は『東遊雑記』に、江差は千六百余の家々がみな繁栄していて貧しい家もなく、浜辺には倉が建ち並び、多くの地方から大小の船が五十艘も入っている。町は店々でにぎわっているし、家の様子も言葉遣いも人びとの姿も松前同様にすぐれている。江戸を出て以来東北もまわったが、瓦ぶきがこれほど多い所はなかった、と驚いたさまを記した。

江差商人は藩権力に保護されることなく自力で働く者を集め、漁業地から生産品を集荷し、販路をひろげた。そして「江差の五月は江戸にもない」というにぎわいを繰りひろげたのだった。かもめ島には芭蕉の句碑が建っていたが、当時の町の人びとがニシンを待ちながら句会を持ち、仲間うちで建立したものである。松前船が入る港はどこも句会が盛んであった。が、石碑を建てるほどこの生産地はゆとりもあり交流もさかんだったのだろう。

　横山けいさんは昨今の江差観を身をもって是正しようとするかのように語った。

「江差の五月は江戸にもないって言いますが、それを現代の人は、あのお江戸のにぎわいさえ及ばぬというふうに解釈しておりますよ。江差市史あたりでもそうです。が、あのことばはそんなものではありません。この家の先祖が京都に出た時に、わたしはえぞ地でございます、ニシンの漁場を沢山持っております、と言ったって誰も相手にしません、上方の人はがっちりしてますもの。

　江差商人は松前藩出入りでもないし、そこでどうとりいったのかは存じませんが、お公《く》家《げ》さま出入りとなりました。お公家さまは金がなかろうと大名の上をいく身分です。江差の問屋は公家出入りという格式を持って京大坂を歩いたわけです。だからこそ非常に高いレベルの人が相手になってくれた。百両なんて金も上方から借りた形式がとれました。この家の二代目かそこらでですよ。当時公家出入りは非常に高い格式でした。この家の造りが京ふうなのもそのせいですし、この町の姥神のお祭りが京の祇園祭りの風格を移しているのもそのせいです。

着るものもみな京都。お盆のお墓参りの時も裾模様紋付の第一礼装です。必ず夏紋付で行きます。いつも着るのは水色だからこんどは藤色にしようかというふうです。お嫁さんの衣装も江戸ふうは白黒の二枚がさね、だけど京都ふうだから三枚がさねです。赤白黒の。そして上下とも同じ模様がついています。

ことばもわたしらの年頃までは、あなた、おまえ、おおきに、と、暮らしの中はみな京都ことばでした。だからそういう意味で、江差の五月は江戸にもない、と言われたのです。そして大店はどこも家付娘が継ぎました。主人は店大事につとめましたあとは、みな郷里へ帰っていますね。商家は人よりも店が大事ですから」

今の人は何も知らない、と老夫人は嘆いた。私を叱りとばすように勢よく、背すじをのばして長い時間語ってくれた。こうした女性が江差には大勢いたろうと思えた。大店を家内で支える女たちである。その伝統が失われるのを嘆いているように聞こえる。心意気で生きて人に頼らず、町の繁栄を生んだ者の気魄がある。私は横山家の商品であるニシンソバを食べて別れを告げた。

外は暮れ初《そ》めていた。坂道を登って海がよく見える古い寺の山門に立った。眼下は江差湾である。その入口に、明治元年の戊辰戦争に榎本武揚が乗っていた開陽丸が沈んだのだ。幕府軍の榎本が、北海道に独立国を建立しようと夢みて松前を占拠した時である。

横山家の老夫人は吐き出すように言った。

「江差の者は、ざまあみろ、と思ったのです、開陽丸が沈んだ時。ここはあくまで京ふうですから」

が、開陽丸は百余年後の今、江差資料としてちいさな砲身などが引揚げられつつある。

寺の鐘が鳴った。ふり向くと十二、三歳の少年が袋菓子を食べながら、一つ二つと、ゆっくりと鳴らしていた。鳴らし終えて、自転車で去って行った。夕暮れが濃くなる。私は宿へむかう。

かつての遊女屋のあたりで日が暮れた。

眼下にちいさな屋根屋根。離れて築港の冷凍工場、魚市場、材木置場、建築事務所などが暗くなる。汽笛を鳴らして船が入ってくる。

防波堤の先に、ちいさな灯台の灯。

三

朝、漁師の番屋がありそうな方へと行ってみた。オートバイ青少年が話していたように、砂浜は申しわけほど残っているばかりでバイパスと海とに狭められた中に新しい家々が建ち、番屋がきゅうくつそうにかたわらにあった。番屋は女たちの仕事場になっていた。今はタラ漁の釣糸を作っているとのことで、十一月から始まる漁のために急いでいる、と、座布団に坐ってせっせと手を動かす。

「イカは今はみんな生売りだ。加工場はこの町には一軒きりだね、みなそこに卸すの。今はイカ裂きしないからね、あたしらも楽になったよね。そのかわり網手入れしたり、なんだかんだあるわ、仕事は」

石川県から来てニシンで蔵建ててニシンでかまどかえした、という五十代の漁師さんが、うちはそこだからうちにおいで、と、かたわらの家の中に入って行った。大きなソファに大きな神棚。狐、貂《てん》、鷹などの剝製が棚に飾ってある。二百カイリがこたえる、と、ここでも聞いた。昭和五十二年（一九七七年）にソ連邦が沿岸二百カイリの漁業水域を宣言して以来、日本漁船の操業水域は極端に狭くなっている。減船し、休業し、相互扶助などもした。ソ連邦の宣言から五年は過ぎているが、操業の狭さはいつまでもこたえるのだ。江差は二百軒ほどが漁業である。かつてはニシンで栄えたこの港も漁業者はすくない。

「うちは四十トンの船に六人乗ってイカ漁に出るけど、イカも自動釣機だから獲れたイカを箱に詰めるのがせいいっぱいだね。此頃は情報が発達してるから、沖で情報聞いて、その時次第でどこへ卸すか決めるね。船の出入りとか水揚げとか聞いて。船がいっぱい入って市価が下った港に卸してもしょうがないっしょ。売ってしまって帰るから加工もしないでいいし、女は楽だ。それに浜がないし。

町はね、公害がうるさいよ。イカの内臓、昔はみんな海にほかしたけど。今はね、うるさい。ここ町だからね、むずかしい。ん」

イカのあとはホッケやタラが中心となる。サケ、マスも獲る。江差沖のニシンは藩制期も来たり来なかったりとなっていたが、明治になり十一年ぶりの大漁のあったのが明治四十一年。そして、ぱたりと来ない年がつづき、明治四十五年を最後に全く去ってしまった。ここを漁業基地に彼の親たちも北上し、樺太まで行った。

「漁夫に飯食わせて給料払うのだもの、ニシン来ないとかまどつぶれるよ。昔はね、漁師より漁夫が多かったの、ヤン衆って言ってた。ヤン衆知ってるでしょ。ヤン衆カモメって、唄はいいけどよ。運不運があるよ、この商売。農家なら豊作ってあるしょ。漁師は大漁貧乏って言うもの」

息子は漁を継がぬつもりで高校に通っているとのことだった。

この町の五勝手地方の浜にサメ踊りというのがあることを、のちに知った。盆に神社や寺や浜で男も女も唄に合わせて踊り明かすとのこと。サメに追われてニシンが群来るので漁の神として感謝をこめて踊るとも、ニシン網にかかったサメを撲殺したことへの供養ともいうそうである。からだを前後左右に激しく曲げて踊るとのことで、松前でのサメ漁のことや、ニシンが群来ることを祈りつつ待った人びとの心を思う時、漁の神への祈願も供養も一つのことに思われた。

私は函館への帰路をバスに決めた。

渡島半島を横切って二二七号線が江差と函館を結んでいる。かもめ島入口前で急行バスを待つ。殺風景なバイパスのバス停留所にベンチが一つ。かもめ島祭りの日や、姥神祭りの日、そして江差追分全国大会の日には、このバス停のあたりにも人びとが集まるだろう。そういえばそれらの祭りはいずれも夏のことである。やがて長い冬が来る。

私は昨夜おそく、道内の知人に電話をかけた。大人っぽくなった息子の声がして、当人は根室に行っていた。根室の宿の電話番号を知らせた少年はてきぱきとした応対であった。その宿へ電話した。まだ帰っていないとのことだった。のちにかけた時には、先ほど帰ったがまたすぐに連れ立って出かけた、明日の朝はみなさん早く出発とのことです、と、フロントが答えた。幾人かと一緒の出張のようであった。受話器を置きながら私は苦笑していた。いつかの折もこんなふうだったなと思う。会う折もめったにないまま幾年も過ぎる。北海道は広すぎて電話もすれちがってしまうのね、と、私はつながらぬ電話に言った。

第四章　函館旅情

一

函館も松前藩当時から和人が住んでいたのだが、松前地方にひとくくりにしてしまうのがためらわれる。それほどにこの町は特色がある。藩制末期に外からの要因によって変動した。周知のように、下田とともに西欧諸国に対して開港したのだが、そのことが松前や江差とは一味ちがったふんいきをもたらした。今となっては他国の船を受入れる港町を特殊なものと思うことさえむずかしいほどの状況だが。

けれども当時松前地方は遠いえぞ地と思われていた。そのえぞ地の庶民の暮らしのただなかに、異国文化が入るという例外的な町となったのだった。建物も食事も医学も衣服もランプも写真機も何も彼もが、新知識として、直接庶民の日常にふれた。開港とともに領事館が建ちやがて異国の商店も建ったから。

こうした異文化の日常的接近が、町の人びとに影響を及ぼさないはずはない。けれども函館は、下田や長崎とはちがって、和人の生活以外の、異質な暮らしを開港以前から知っていたといわねばならない面を持ってもいた。ここはアイヌ人たちが先住民として生活していた地域だからである。その先住民の異質文化に対する支配性が、松前藩の特質でもあった。その特質に加えて、函館ばかりが、いわば国の内にある異文化と外来のそれとを、同時に体験したのだった。

この歴史の特性は軽々しいものとはいえないだろう。ここばかりは弁財船が運んできた歳月だけではないものにいろどられている。けれども函館が原野の中シンデレラのように輝いた期間は長くはなかった。そのことも、この町を特色づけていると思われる。横浜や神戸のように新時代の貿易が持続した町とは、おのずから別のものがあらわれるはずで、それらの変転をくぐりぬけながら地道に育ったものは何だろうという思いが私にあるのだった。

私は江差からバスで山を越して函館に出た。

山道が峠を過ぎた頃、木立の間に晴々と函館湾が見えた。それはすぐにまた見えなくなったが、峠から眺める大野、七飯《ななえ》の町にひろがっていた畠地は、函館近郊の暮らしやすさを思わせた。

ところで私はこの日、所用のためそのまま一旦帰宅した。

そして十一月の初旬となって、ようやく函館市を訪れた。東京での雑然とした仕事の、その合間をくぐって。数年前に根室に出かけた時に同行した写真家の北井一夫さんと一緒であった。

「函館はもう冬かしら。秋の感じが残っているといいけど」

私はそんなことを話しながら飛行機に乗った。どういうものか私には秋から冬へかけての旅が多くなる。函館が近付くと、窓から雲間を見下ろして秋の深さを計ろうとした。海上の雲が切れて現われた地表は一面の耕作地であり、畠は思ったよりも青々としていた。

「まだ暖かそうよ、このあたりは野菜が育っている様子よ」

私は北井さんに言った。

起伏している丘陵は長方形のモザイク模様を描いている。青い畠と、焦茶色の畠が美しい。

「あの土の色、どうしたのかしら。焦げてるみたい。まさか焼畑ってことないでしょ」

「あんな土の色じゃないの、ここは火山地帯だから。きれいだね」

「江差の近くで農業してる人がね、山の畠に熊が出るって言ったのよ。ここはずっとひらけているから熊は出ないでしょうね」

江差で会ったオートバイ青少年を思い出して話した。

「さあ、どうだろうね。でも、もう冬眠の頃じゃないの」

私に江差から函館への山道が浮かんだ。集落が点在していた。もっと奥にも村があるようすだった。あの青少年の父親が耕す畠とは、このような所かもしれないと思いながら眺めた。

わずかながら稲田もあった。農業協同組合もあった。風よけなのか、柵をめぐらした家があり、バス停のそばにはポスターが貼ってある簡易郵便局があった。そしてあたりは山である。

やがて集落もなくなって、谷川を渡り峠を越えたのだった。

飛行機は空港に着いた。

空港からバスに乗った。

初めての道を行くとどこの町であれ、かすかな興奮を覚える。説明なしにとびこんでくる諸現象が気持ちがいい。函館の空港から市内へバイパスはいかにも新開地めいていた。つい近年ひらけた道らしい。

私は函館駅から乗った松前線沿いの風景を思い出した。その沿線は古くなった民家や工場や砕石場が、ひっそりした海辺につづいていた。セメントの積出港も函館の港を遠く眺めつつ、ぽつりとしていた。それは函館から西側へひらけた海岸である。今車がすれちがうバイパスは、函館市から東へ、汐首岬の方へとのびているのだが、この方面に何か加工場でもあるのか、車が絶えない。

「すっかり今ふうなのね」

私はささやく。今夜の宿を頼んでいる湯川温泉も急造の民宿が並んでいる。

「意外だね、これは」と北井さん。

食堂、漁具店、ガソリンスタンド、水産加工場、漁師の家などが、車の埃を浴びている。その裏手は海である。建物だけが塀も植込みもなしに建っているので、いかにも新開地の感じである。

建物の切れ間に、海へむかって車がとめてあるのがそこここに見えて、岩にとまっているかもめのようだ。

「あ、啄木の像だ。

ひどいことになってるわねえ……」

私は窓から銅像を眺めて嘆いた。

それは石の台座の上に和服を着てしゃがんでいる。建立当時は砂浜に建てられていたものだろうけど、今は建てこんだ作業場やバイパスの片隅に粗大ゴミふうである。私はもともと個人の像を記念にするなどおぞましくて好きではない。啄木が気の毒に思われた。

彼は明治四十年のわずかな期間をこの町に住んだ。故郷をあとにした詩人にとって函館は心慰さむ地であったようで多くの短歌を残した。その若い魂が、政治家でもないのに生ま身の像にきざまれて、とうとうこんなにも詩精神から遠ざかった姿でさらされている。私はショックを受けて黙りこんだ。函館に対する思いこみがあったのかもしれないが、空港からの入口に当るあたりに、昨今の生活意識をむきだしにして、内省的な詩人像とはちぐはぐな光景を展開しているのだ。函館にかぎらず、野外に建つブロンズがこのところふえている。私もその表現様式は好きである。けれどもそれは単独のまま建てればいいというものではない。原理を同じくする建造物や造園とともに空間を形造ってこそ、それは生きる。

もともと日本の町並は、ブロンズのように強固な造型を核にして生まれているわけではない。草木などと共に、自然の摂理に同調しながら生成している。いわば立体を過渡期としつつ平面へ戻っていくことを前提とした造型美を持っていた。木造建築はもとより石造の仏像さえも野天でさらされて風化しながら仏性を宿すと見ていたのだ。それは移ろうことの美しさである。いつかは土に返ること、そして、また、いつかはふたたびその土の上に造型されることを予期する。

が、ブロンズと西欧建築とが一体化してかもし出す空間は別の原理によっている。いつぞや建築史をのぞいていたら、日本家屋は床（平面）を原点とし、西欧建築は壁（立体）

を原点として発展した、とあった。片方は床から畳を生み、取りはずしができる襖障子で仕切り、個人より集団性を一義とする生活様式を発達させた。一方は壁によって生命を守り、靴ばきのまま暮らしベッドで寝て、集団意識よりも自我を尊重する文明と同行した。

函館に啄木の像が建てられたのがいつの頃なのか私は知らない。が、おそらくはそのあたりが一面の砂浜であった頃ではあるまいか。さもなくばあのうつむいた姿はいみがない。が、その建立の精神は微視的で、いかにも、ものまねだったというべきか。函館という草ぶき家屋の風雪の中に、堅牢な壁を持つ唯一神の西欧が、閃光のごとく射し、そしてあとも見ずに江戸へまわった洗礼の地を象徴するように。そういう意味でいうならば、どうやら函館の庶民は、一過性の西欧文明などとは無縁に、元気よく、明日にはまた無となるプレハブ工場の建立などにせいを出す伝統的健康さを持っているらしい。

私は、その日その日を夢中で暮らす生活者が好きである。一人気取っている詩人像などじゃまになるばかりだろう。けれども、もともと啄木という早熟な詩精神は、生活者を尊重し、その歌をこそ生まんと苦しみ生きたのだった。そしてその精神にとって、函館という風土は、故郷よりも自由であり彼が求める世界へとすすむに足る風土性を持つと感じとられていたのだ。

が、啄木が夢みたほどにはここに近代の息吹きはつづかなかったのか。それとも偏向しながら展開した近代現代の諸産業の影響が、このように味気ない不調和な様式を生んだのか。ともあれこの町は今はこうした状態だが、ここ数年の間にあちらこちらの町に、踊る少女像とか未来をみつめて立つ青年裸像などのブロンズが建ちはじめた。そしてまた、それと対応した都市空間もぽつぽつと意識してつくられはじめている。それは生活者一般の世界が立体的な思考を生かし出したせいかと思う。函館はそれらの先達だったのかもしれないのだ。そして試行しつつ今後の風光へと歩み出すのかもしれない。

バスは大きくカーブして市内に入っていった。その曲り角に神社があった。稲荷なのだろう、鳥居も玉垣も朱色をしている。が、その朱の塗料はコンクリート製鳥居の表面に塗ってある。木造の朱の鳥居や玉垣を見なれた目には合理性だけがとびこんでくる。朱塗のコンクリートの玉垣に幾人もの名が大書してある。寄付者の名だろうと思う。鳥居の奥の拝殿の前に、一対の狐の石像が見えて、これは赤いネッカチーフをしていた。こんなふうにして稲荷を信仰する風習がこちらにはあるのだろう。

ふっと津軽の砂丘で見た稲荷社が浮かんだ。それは長い砂丘の中で一番小高い丘の頂上に建っていた。植林が根付いていた。沢山の絵馬が奉納してあった。手製の絵馬である。村に住むいたこが、さまざまなお告げをさずけて、その指図に従って奉納した絵馬だった。いたこはシャーマンの呼び名らしく、彼女の部屋にはちいさな祭壇と太鼓があったが、村びとは彼女に祈禱してもらい、自分にわざわいを及ぼしているものを知らせてもらい、その姿を絵馬として稲荷社に奉納するのだった。絵馬には、猫や蛇や狐などの絵が多かった。

七つの頭を持つ蛇もいた。なぜ、いたこのお告げを絵馬にして、わざわざ稲荷社に奉納するのかは、その社の神職者にもわからないとのことだった。そこには狐の像にかぶせた赤いネッカチーフは見なかった。

赤い布も、手製の絵馬も、現世利益を願う一生懸命な手段であるにちがいない。私はそれにかわる何ものも持たず、親しい人びとが折々に洩らす生の不安にも、いまだに応えきれずにいる。

バスの乗客の乗り降りが多くなった。

函館駅前で私たちは降りた。

ここまでやって来て、やっと目的地に着いた気がした。ここが函館の、そして北海道の玄関口だったせいか、あたりの様子にも年輪が見えてほっとする。私は誰にともなく、あやまる思いで見廻す。裏口からやってきてごめんなさい、という思いである。バイパス通りはどこの町だって、今は無残な姿をしているのだ。まだ整理もできていない裏口からのこのことやってきて、ぶつくさと悪口を言っていた私の気持ちを、そのあたりの手垢に光る歳月に私はあやまる。ごめんなさい、どこの町も火の車。どこの家も火の車。スマートにやれるはずもないのである。

が、働けど働けどという嘆きは越えたい。苦しくとも。それが夭折した詩人の遺産でもあるのだから。

ひらひらと白いものが風にゆらいだ。

「あ、雪だ。雪よ、北井さん」

北井さんの返事がない。いつカメラを出したのか、日のかげったがらんとひろい駅前の四つ角を中央にむかって歩いている。市内電車用の電線が四方に引っ張られて中空に網のようだ。その真下に立って、市電を見ている。人通りが絶えている。降るともみえぬ雪片がそのあたりにも舞っていた。

私は灰色に光っている空を仰ぎながら、荷を提げてぶらりぶらり歩く。あてもない時間というのはいいな。たとえそれがほんのひとときでも。

駅につづいている港からの通路に見覚えがある。船から上がって歩いた道だ。あの時駅までやって来て近くの市場や土産物店を眺めたが、その時の駅前広場より今日のほうがすがすがしい。私は気温が多少低いほうが体調がいいせいか、中空にちらほらしている雪花を顔に受けながら駅へ行った。コインロッカーに荷を入れる。そして北井さんとどこかで一休みしてコーヒーを飲みましょうと言い合う。

「すこし寒くなってきたなあ、どこかいい店ないかしら」

「あれはなんていったっけ、この前入った店は気持ちよかったよ」

「そこを思い出してね、遊んでるから」

写真家というのは始終旅をしているのだと思う、どこの町もよく知っている。北井さんは函館も知っている様子で、電車通りを眺めながら、あれはどこだったっけ、とつぶやいている。ゆったりとした車道は車もすくないので、私はタイムトンネルをくぐったようにのどかになる。

さしあたっての行方を彼に預けているので、いたって心も軽やかである。いつもはずしりと迫ってくる未見の重さがない。あたりに日が射すと雪は舞わなくなった。

「わかったわかった、思い出した。店の名は忘れたけど」

彼はタクシーをとめて何か説明している。運転手がうなずく。

私たちを乗せてタクシーは走り出した。

一休みして枯葉がころがる道を博物館へと歩いて行った。あたりの閑静な住宅の、紅葉した庭木が美しい。ここは函館山の山腹あたりで、坂道を越して海が見える。住宅地につづいて林があり、公園になっていた。公園のゆるやかな登り下りの芝生にも紅葉した葉が散りやまない。木立の奥を二、三人の女性が話しながらゆったりと歩いて行く。

この公園の中に博物館や図書館が建っている様子で、行きずりの人にたずねてやって来た。石の柱や窓枠のがっしりと太い石造建築が見えてくる。この公園は明治十二年の開園という。英国領事のすすめによって山の斜面にひろびろと公共の庭が作られたのだった。公園は今でこそ誰もが自由に散策して心を遊ばせる場所になっているのだが、働き暮らしていた当時の人びとの反応はどういうものだったろう。開園と同時に建てられた建物が今もなお文化施設として使われているわけで、昔なつかしい石造建築の堂々とした正面入口の柱を見上げる。また舞い出した雪の中を私が最初に入ったのは図書館だった。重く厚い硝子の扉、リノリウムの床敷、細い廊下高い天井、私が子どもの頃に植民地で出入りしていた公共の建物を思い出す。ここで二、三の蔵書を見せてもらった。

縦長い窓枠の外に雪が斜めに流れ、またやむ。雪とともに木の葉がしきりに降る。山の斜面の造園なので建物をおおうように木立が茂り、晩秋へむかう山のよそおいに紅葉した葉が散りやまないのだ。

私たちは隣接した建物へも入って行き、展示してある先住民族の資料などを見てまわった。他に客もいない。先住民族といっても私の知識は無に等しい。日常品を間近かにすると、生活の中のこまごまとした息遣いが感じとれる思いがしてくる。わけてもアッシにほどこされたアイヌ模様に感動する。私は顔を近付けて心の跡を読むように針の目を眺めた。アッシの背と裾と袖口に独特の模様を縫いつけているのである。

ここに展示してあるアッシは、『工芸・アイヌ号』という発行年月日も発行所も印刷してない小冊子に出ていたものと同じもののようである。その小冊子は柳宗悦たちの工芸研究誌で、昭和十年代のもの。それには、杉山寿栄男の文章もあり、同氏が集めたアイヌ民芸品を函館民芸館にはじめて展示したいきさつも記してあった。

アッシの模様は単純で、そしてモダンである。薄明るい展示室の、硝子ケースに保存してある数点のアッシは、七、八十年以上も前の品だろう、近年観光のために作られたものは曲線が多く色もゆたかだが。

九州に住んでいる私などまでが、アイヌ模様というのを、まがりなりにも思い浮かべることができるのは、それがまことに直截な力強さを持っているためだと思う。それはどこか私たちになじみのある唐草模様とも通じているけれど、それよりもはるかに強烈な印象を与える。直線が唐草模様をとりかこみ、あたかも不動の岩に遊んでいる波の紋様化でも見ている思いにさせる。

これらのアッシを見ていると、思い出す情景がある。菅江真澄の『えみしのさへき』の中で語られていたアイヌの女たちの、ベ・ウタギという風習のこと。それは夫が漁に出て行き夕暮れてなお帰らぬ時や、霧が立ちこめて磯も見分けられなくなった時、妻が磯辺に立って声を限りに呼ぶことを指すらしい。すると近くに住む女も磯浜に出て一緒に濃霧の海へ叫ぶ。それは次から次へと伝わって、十数キロに及ぶという。その声はたいそうものがなしく聞こえる、と真澄は書いた。濃霧に閉ざされた海辺にひびきあう声の帯は、海上で行方を探す男への、いのちの帯のようで、そのままアッシの背模様に流れこんでいる気がする。その模様は自然との親和というより、自然の中で人間をきわ立たせる意志のように力強いから。

が、その模様を針でとめているのを些細に見ると、なんという細かな心配りがあることか。これはアップリケと私たちが呼んでいる小布をかがりつけて作るしゅうだが、アップリケはミシンででも押さえねば日常着には使えないのである。それをあつかいにくい麻や木綿や絹や山野の植物の繊維などの小布を継ぎ合わせ、見事なデザインとして、しかも日常の使用に堪えるものに作り上げている。その模様は力強いばかりでなく、唐草の細い葉よりも、もっと細い、とげのような装飾が直線の端々にそえてあるのだった。私はほほと舌を巻き、おそらくはまだ若々しい女の指先と、想念の中にひろがる海を感じた。

アツシの形は着丈が短いきものとそっくりで、昔の野良着のような三角袖である。地色は紺か白が基本である。その布地はアツという植物の繊維から作られ、江戸期の書である『蝦夷生計図説』に、木の皮を温泉にさらして糸にし、染めてから織っているアイヌの人びとの作業が記してあったが、そのようにして布にする。そして縫いあげる。が、縫いあげただけで完成したとはいえないのだろう。この衣服に女たちは模様を描いたのだ。白や紺、茶、焦茶、赤などの小布を組み合わせて。その色の取り合わせが渋く華やいでいる。よくみると、小花模様の和服の布が五、六センチまじっている。それも左右対称に使いわけて。私は胸が熱くなった。さぞや大切にこれらの小布を集めたろう。自分の好みのデザインに仕上げようとして。弁財船が運んでくる古着の中から。

古着は上方で仕入れて船が運んだのだが、これは細かな布切れとして売買した。東北から松前にかけて。その古い木綿を買った東北の女たちは、貴重な木綿を衿裏に縫い付けて、木綿はあたたかいとよろこんだ、と記録してあった。東北の人びとも山野の植物で布を織っていたから。木綿は温暖な地方で育っていたのだ。弁財船が運んだ上方の古着は、北へもたらされて和人の衣服となり、またこうしてアイヌのデザインにも使われたのだ。模様には絹の赤い布などもわずかに効果的に使われているのだった。女たちの、小布をめぐるさざめきが聞こえてくる。

二

戸外へ出ると坂道を吹き下るような粉雪となった。それはたちまち視界をさえぎって、地面をころがる枯葉も見えなくなった。

「すごいわねえ」

私は首をすくめる。

坂の上から市街の先に見えていた海も、またたくまに視界から消えた。

「これじゃ函館山に登っても何も見えないね。登るのはよそうよ」

北井さんは私よりずっと若いから、私の足を気遣うようにそう言った。彼は一人ならさっさと登って行き、一瞬の機会を得たことだろう。私たちがタクシーを拾って坂を下りかけると、うそのように雪は止んだ。

「だまされてるみたいね。

運転手さん港はここから近いのでしょうか。ちょっと行ってみたいけど」

「すぐそこですよ。

函館市は函館山の麓が先にひらけて、そして平地へひろがって行った町です。このあたりは細い岬なんですよ。岬の先端が函館山。商店街は岬いっぱいを占めているわけです。だから街の右も左も海というわけ。吹きさらしです、ここは。山の手に教会とか外人墓地とか古くからの住宅地がありますよ。岬が平野にくっついているあたりから先は戦後の住宅地ですよ」

年配の運転手さんだった。

「あの角からずうっと昔は遊廓でしたよ。私らが若い頃は軒並に女郎屋でね、にぎやかなものでした。窓から女たちがきゃあきゃあ声をあげていたものです。それでももっと昔の人に聞くと遊廓は山の手にあったそうです。港の近くの山の手に。それが函館の大火のあと、あそこに移ったといってましたね。

函館もね、戦前はにぎやかな町だったけどね、戦後はさっぱりです。港はもう死んでますよ」

「漁業がふるわないのですか」

「だめだね」

タクシーは電車道を渡ってカーブすると、すぐに岸壁に出た。

ひろびろとした港である。

「むこうが青函連絡船が着く所です。あ、入っているようだな。反対側がイカ漁などの漁船の港。そしてここは道内の産物の積出しやら道内各地に輸送する商品の荷上げやらをした商業の港。あの赤レンガの倉庫は商品もいれていたんですよ、今はからっぽだけど」

私はタクシーを降りて眺めた。

「立派な倉庫ですね」

切妻の屋根が五つ六つ港の方をむいて並んでいる。その巨大な倉庫のレンガがくすんでいる。まわりはがらんとして働く人かげもない。大きく湾曲している函館湾を越して松前半島の山がのぞめる。この港にまだ岸壁などない頃にロシアの船が入って来て通商を求めたのだ。それから六十余年の曲折を経て、安政元年（一八五四年）に開港した。

函館は明治に入るまで箱館と書き記していたという。アイヌ語でウスケシといい、湾の端という意味だとのことだから、岬先端にある昔の港のあたりが集落の始まりかと思う。ここにやってきたロシアの船もアメリカの船も、そして弁財船もその後の商船も、人びとの欲望と冒険を乗せて来たのだった。そしてウスケシの名は今はない。

私は港に立って思い出すことがある。

それは函館に縁のある知人のことだが。知人といっても私が十歳の時に六十歳も後半の、慶州博物館長だった人である。私は父に連れられて、慶州という古代朝鮮の新羅の古都にある博物館に行き、大坂金太郎先生にお目にかかったのだった。

その後二十余年をすぎて再会した。先生は松江に住んでおられた。たずねて行った私に明治維新前後の函館のことと、その地と縁が深かったロシアが先生の生涯を決定づけたことについて、淡々と話してくださった。私はメモをとりながら九十歳近い先生の長い人生の始まりに、函館という名があるのを、歴史のふしぎでも知らせられるように感じていたのだった。他国との接触といえば西日本地方のことだと考えるくせが強かった私には、対岸はロシアだ、という維新前後の北海道の気分がまるでわからなかったせいだろう。

函館には幕末に開港した頃の町の人びとの反応が、チョボクレ節として伝わっている。市中に流行したものだという。

「ヤレヤレ畜生奴、畜生の親玉、頭はヂャンギリ、目玉の変った異人の交易、六月このかた箱館お開き、日々繁昌入船出船は千艘や万艘、おまけに蒸汽船アメリカ碇をオロシャイギリス……目算違って通辞が悪いと苦しい言いぬけ、何の御役ではるばる御苦労、訳のわからぬ書翰のやりとり、苦しい師走に重役初め熨斗目の裃、止宿所廻りは本気じゃあるまい、ざん気でやるのは異人がこわいか、箱館市中はどうでもよいのか……」

まだまだつづくチョボクレ節である。

大坂先生の祖父はこのチョボクレ節がふれている「何の御役ではるばる御苦労、訳のわからぬ書翰のやりとり」にかかわった、芦屋良輝という徳川幕臣であった。函館が幕府の直轄となってここに奉行所が設けられた時に、初代函館奉行の祐筆として江戸を後にした人だったという。主な役はロシアとの折衝であったから、幕府直轄がのちにまた松前藩領にもどされてからも、良輝は函館にとどまってロシア貿易の交渉に関係した。

チョボクレ節には、市民たちが開港後のドル相場に弱り、コンシュル（領事館）をうらみ、幕府の政策の一定しないのを冷笑しつつ「釈迦も達磨も異人にゃかなわぬ」と奉行所を客観しているのがみえる。そして、ゆれ動くお触れに対して、「お前方帆掛けてお江戸へ帰る身、町人百姓は土地の冥利で退散もできぬ故、永世のお取持を頼むぞ」と言っているのだ。大坂金太郎先生はこの流行節を記憶しておられたのかもしれないと思う、「祖父は他の方々が江戸へ引揚げられたあとも、なお残りました」と語られた。それは私に、敗戦後もなお慶州に残り、親交のあった地元の人びとの中で暮らそうとされた先生の生活を思い出させたのだった。先生は開港前後の渡海について、「良輝はふたたび江戸へ帰る時があろうとは考えられなかったそうです。そこで、新太郎という長男が十五、六歳になっておりましたからこれに家督を継がせ、自分は次男の斧次郎と妻を伴って、函館に行きました。ロシアは赤えぞといっていた時代のことですから、どのような予測もつかなかったものと思います。

この次男の斧次郎が私の父に当ります。えぞ地に渡りました時は十二、三歳でした」と話された。

維新前に開港し、領事館が建ち、教会を設け、牛肉を食べる異人がほしいままに動いて、神仏の威光も通用しないことを庶民は知った。それは一面では不快なことだが、また他面では痛快極まりないことでもあった。函館には新時代の息吹きを直感する若者が、遠く九州、四国からも渡っていたのだった。先に松前城の写真をとった者たちにふれたが、その一人の田本研造は郷里の熊野を出て長崎に行き、ここで蘭医のもとで働いたあと、通詞に従って函館へ移ったのだった。

ところで五稜郭に榎本武揚たち旧幕臣が入城して、数カ月の解放区めいた自治を敷いていた時、榎本や土方歳三を写真におさめたのは田本研造だった。若い土方などは洋服に断髪で、憂愁を帯びつつ凛然として写っている。奉行所づとめをしていた良輝と斧次郎も五稜郭に入り、やがてここにたてこもって函館戦争となった。斧次郎は食糧の確保の役であったから、城を抜けて近郊の農漁村を廻った。その頃は函館近郊では畠作や開田も試みられ、成功しつつあった。

五稜郭の戦火がおさまったのは明治二年（一八六九年）の五月十八日だった。およそ一カ月半、旧幕臣たちは戦って、降伏した。やがて彼らはおもいおもいに散って行った。斧次郎は食糧の確保のために廻村していた時に知り合った上磯郡清川村の、大坂家にしばらく身を寄せた。田畠や山林などを持つ農家だった。その大坂家の娘と結ばれて養子となり、名を大坂市蔵と改めた。

大坂市蔵は妻帯のあと、妻を伴って実父とともに旧江戸の神田に引き揚げて行った。清川村での新しい生活になじめなかったものか。そして明治十年の夏に、大坂金太郎が旧宅で生まれた。が、新しい都である東京も次男一家が安楽に身を寄せる状況ではなかった。一家はふたたび函館に戻ったのだった。金太郎五歳の時である。五稜郭戦争後に人口一万九千人ほどであった函館は、人口三万を越えていた。そして、アメリカ、イギリス、フランス、ドイツ、デンマーク、ロシア、清国の人びとが、店を出していたり、教会で布教活動をしていたりしたのだった。その二年後には函館山腹に公園もととのったということになる。

庶民の生活は、風とともにころがる木の葉のように時代の波にほんろうされる。けれどもまた、風が吹きとばした種子のように、こぼれた場所で根も張れば緑陰も作るもので、ロシアとの折衝を日常の暮らしに影のごとく落としていた大坂家では、「海のむこうはロシアで、ロシアの脅威は樺太にも、それから朝鮮半島にもひしひしと迫っていました。私が青少年の時代は誰もそのことを心配して話していたものです。私は札幌師範に進んで友人たちとロシア語の勉強をしました」ということになる。

大坂金太郎氏がロシアと朝鮮との国境を気にして、海を渡って行ったのは、日清戦争のあとのことだった。もちろん日韓併合以前のことになる。

私には、このような心の軌跡を辿りながら、函館の町が国際的視野を育てていったことが、まだ薄明のままの庶民史の一片のごとく思い出される。大坂先生のように、国権も民権も未熟な時代に、個々に視点をさぐりつづけた無名人が、いくらもこの開港地にはいたように思う。先生は夫人ともども朝鮮女性のための私塾を作り、裁縫や算術、日本語などを教え、朝鮮服を着て生活し、日本人よりも地元の朝鮮人に親しまれた人だった。植民地時代の職業から、古都の古墳発掘を勝手に行った人であるかのように、一時、内外の朝鮮人の間でとりざたされたようだが。そしてそれもまた当然な視点といえるわけだが。

港に立って海を見ていると、忘れられてゆく多くの人びとの哀歓が、湾の沖合から上陸しては消えてゆく。子どもの頃の友人の一人が、引き揚げてからこの町にある女子修道院に入ったことがある。また、敗戦後の町で知り合った友人は今もなおそのトラピスチヌ修道院で神の声をきいている。こうした私事にからむことが、巨大な赤レンガの倉庫の、これはこの湾が果した役割の実像として、今もくすんだまま残っている壁の上に重なってゆく。

この夕暮れ、私は函館大学で榎森進さんに会い、榎森さんのお世話で湯川温泉の静かで古い宿に入った。函館港の全盛期に建った料亭でもあろうかと思われた。宿の周りは個人の住宅地である。磨かれた廊下の電話室に、手廻しの黒い電話機があり、榎森さんは幾度かその電話室へ立って行った。私が、とある依頼をしたためで、彼は私の説明を聞いては取り次いでくれた。中庭に雪が降っているのが廊下の硝子から見えた。高い天井の廊下が寒い。部屋にはストーヴが音を立てて燃えた。私たちはお酒を飲みながら雑談した。

私は榎森さんにしばしばお世話になっている。近世史が御専攻だから松前・江差の旅も何かと世話になった。今夕またお願いをしたのは、函館を漁業基地として明治初期からサハリンやカムチャッカにサケ・マスの漁場を開拓した、能登漁民のことについてであった。というよりも、能登の富来町で、永野さまと呼ばれて親しまれている開拓者永野彌平の孫に当る方が、函館大学の教授に居られるのを知ったのだ。

「富来町は今も船員が多い町でしたよ。北前船の風待港でしたのね。その町の風無《かざなし》地区の人びとはみな永野さまについて北洋漁業に出ていたのですって。それはとても心酔した話しぶりでしたよ。未踏の漁場を開拓して毎年出漁するのだけど、その人たちの漁業基地が函館なんですね。函館に住いも会社もあるのね。

私は数百年昔に北九州から能登まで毎年漁に出ていた海女家族のことだとか、北前船が運んだ民話だとかに引かされて能登まで幾度か行って、そこからまた海の道に引きずられて松前まで来て榎森さんにとてもお世話になりましたけど、それよりももっと北のほうへ行ってる人たちの家族に会ったのね。その時の富来のことばがなんともいえずあたたかだったの。能登半島の先っちょのちいさな町ですけど。旅館の夫人が飾りけのないほんわかしたお方で。この方が永野さまの話をなさると、すぐそこが函館になるんです。生活の距離というのは地図とはちがうのね。その実感が胸にこたえて、ああこんなふうにして生活の場を私たち庶民はひらいたんだなあ、と思ったのね。近代産業以前の暮らしの跡が、心にあったかく残っているのが見えたの。

ですから、永野先生の御授業の休み時間に、ちょっとお目にかかるだけで、もう私は満足なんです。何か、大切なエッセンスを、ぽとりと授けてもらえるような、そんな気がするの。それで……」

私のしどろもどろな話を、榎森さんは笑って聞いて、幾度目かの電話で永野先生をつかまえると、「快く承知されましたよ」と言ったのだった。私は肩の荷がおりたような思いになり、冬にはまだ遠いというストーヴの火力を弱めて、北ぐにから見た日本の姿などを聞きつつたのしんだのだった。

そして、夜一人になって、ちいさなノートに、永野弥三雄教授をお訪ねする時間を書きつけたのである。

一晩中へやの片隅で重油ストーヴを燃やしながら私は休んだ。座敷で燃えている火は心許ない。うとうとしては火を眺め、煙突はついているのに換気が心にかかり、欄間の障子を開くために起き出したりした。あけがたの冷えこみが予測できないまま、火を守るように浅い眠りを眠っている自分がおかしいのだが、北海道で初めての冬を迎えた開拓期の人びとは、何も彼もをこのように、体験だけを頼りとしながら、かまどを立てていったものだろうと思われた。

三

『函館市史』に天明五年（一七八五年）の箱館の人口・戸数が出ていた。それは『蝦夷拾遺』に記載のもので、戸数およそ四百五十戸、人口は約二千五百人という。私が泊っている湯川などもふくめて、今日の函館の行政区域内の総人口は、四千百三十人である。戸数は約七百九十戸。これが最古の人口資料だとのことで、ノートにメモしておいたものを、夜ふけ眠たい目で眺めながら、それらの人の、そしてその後につづいた人びとの、経験の集積を思ったことだった。

朝、へやにやって来た仲居さんは、このストーヴは一晩中燃やしていても大丈夫ですよ、と、私の未経験を慰め顔に笑った。明日からは、きっと私も、自分や他人にそう言うだろう。が、たったそれだけのことが、とても貴重に思われる。

昨夜榎森さんも話していたのだった。内地には、タブーを守ればなんとか生きられるとの生活意識があったのだが、ここではそれを新しく作らねばならなかったのだと。

タブーといえば呪縛のきらいがある。が、経験を積んでいけば後代の者はそれを破りながら生きることができる。そして生活経験の浅い頃はそれが人びとを守ってきたのだ。私は私の感覚の中に、開拓者の感性はちぢこまったまま収まっているな、と思った。畳の上の火が気にかかるのなら、消して眠り、寒くなればつければいいのに、眠っているまに風邪をひくほど冷えはせぬかと、降る雪を気にしているのだった。

が、その雪は朝は溶けていた。

一間廊下の高い天井の下も、彫刻の手すりも古めかしい二階への吹きぬけのあたりも、空気はしんと冷えている。が、それでも気温がやわらいでいくのが感じられた。

湯川温泉は湯量はたっぷりとあり、高温である。が、塩っぱい。肌にかたい。そのそっけなさが好もしいという思いで、朝湯にも入った。私は、日本人と入浴の風習についての関心から、温泉もいくらか歩いてみたことがあるのだが、北海道で温泉に入ると、どうしても、かつてアイヌの人びとが温泉に入っていた時の様子がしのばれてしまう。それは菅江真澄の文章の、いや、彼の旅の姿勢の見事さによるのだろう。

その頃は谷や川のそばに温泉が湧き出ているのを、山道を踏みわけて訪れ、湯浴みの場を菅ごもなどで囲ってから入ったのだ。熱さが身にしみるような湯があったり、たいそうぬるい湯が流れていたりした。そのような場所には、岩のあいだだとか、木の枝などに、イナウがたくさん立てかけてあったという。イナウはアイヌ人が神に手向けたもので、木の皮を麻糸のようにけずり、垂《しで》のように棒にかけたもの。そのイナウを湯の神にささげてから、アイヌ人たちは湯浴みをしたのだ。

真澄も旅の折に宿のあるじたちと篠竹を踏みわけ、かずらにすがって川を渡り、深い谷底に湧いている湯に入った。その時、ともに湯を使う老人が、この湯には旅人がひとりでうっかり入ってはいけない。口が耳まで裂けた大男が普通の人に化けて湯に入り、旅人の躰から筋を抜いてしまう、と語った。山にはそのようなものが住んでいるので、大人《おおひと》と熊《しし》のことは、けっして口にしてはいけない、と言ったという。アイヌ人にもそのような伝承があったかどうか、イナウをささげた湯の神はどのような神であったろう、と、塩湯にひたって思う。巨人の話は本州にすくない。口にしてはいけないものを新開地に持ちこみ守り合い、空漠とした未知の深さに耐え合いながら、先人たちは北の大地を拓いてきたのだ。

塩っぱい湯は、また、ニシンを追う漁師を思わせた。漁船に乗って来た、なかのりたちをも思わせた。漁船の中に女たちを乗せて、飯炊きやニシン裂きや、男たちの酒盛りや夜伽の相手をさせるために連れて来た女を、そう呼んでいたという。

函館の人口は文久元年（一八六一年）頃から急激に増えた。増加率一八パーセントで年ごとに増えてゆき、幕末となるのだ。ちょうど戦国時代のように、諸藩の統御の網の目をくぐって、より生きのびやすい場所を求めて人びとが流動していた頃、函館は魅力をふくむ土地であったのだろう。開港にゆれる激動期が想像しがたいような今朝の静けさで、湯舟にひたっていると、浴室のまわりに草が茂っているかに思えた。

雨のあとの風情をみせて、宿の植込みがしっとりしている。

湯川の電車の停留所まで、北井さんとのんびり歩いた。民家が庭をへだてて並んでいる。すこし離れた、どこかの道を車が走っている音がする。停留所は商店街の中だった。店はまだ閉まっていて、車がしぶきを散らして行く。高校生と数人の勤め人にまじって乗り込む。スヌーピーのアップリケをした赤い手提げをぶらさげた男の高校生と、その仲間が、つっぱりふうな話をする。が、話しぶりはおっとりしていてほほえましい。

市電は思いのほか混み合ってゆき、高校生がふえていく。

この日、思わぬとび入りのように、初対面の坂本幸四郎氏の案内で、朝市、港、外人墓地、旧函館区公会堂、ハリストス正教会、聖ヨハネ教会、そして立待岬や啄木一族の墓参などと、函館山の麓一帯の史跡を見てまわることができた。坂本さんはしきりに函館山に登れぬことを残念がってくださった。このところロープウェイは観光シーズンも過ぎたので運行停止、登山道路も修理中なのだそうで、山頂からの市街の眺めの美しさを強調された。

「次の機会のたのしみにとっておきましょう」

私はそう応える。

それはほんとうに美しいにちがいない。函館山の南東にある立待岬の崖から眺めた市街でさえ、水平線上にしろじろと光って見事なのだから。

「海の向うにうっすらしているのが下北半島だ、町で言うと、大間《おおま》。今見えないけど、こっちの方に津軽半島があるわけ。今この函館山でかくれて見えないけど」

坂本さんが海上を指差しながら話す。

「連絡船はどこを通ることになりますか」

波音と風音の中で私は声を高めて問う。

坂本さんから先ほどいただいた彼の著書は『青函連絡船』。坂本さんは三十五年間、青函連絡船に乗り、八〇年に摩周丸の通信長を最後に退職されたという。

「連絡船？　連絡船はこの函館山をぐるっとまわって、ちょうどこの岬の裏っ側から出航するわけ。そこが函館港だ。

函館港を出て、あの下北半島と津軽海峡のあいだを、むつ湾深く入って行く。真南に行くわけだ。青森は真南に当るわけだ。今太陽が東南から照っているね」

立待岬は海面から高々と崖である。はるかな日本海方面の海上がきらきらとまぶしい。

そして太平洋側の海面が暗い。

「井上靖が、日本海と太平洋を一目で見渡す場所は日本中でここだけだ、と言ったが、そうなんだよ、事実」

坂本さんも波音で散る声を張って語る。数人の観光客が崖の手すりから数十メートル下の海面を見下ろして、声を放っている。そばにとめたタクシーの運転手さんが、それぞれ説明している。風が強い。

「すばらしい眺めですね、市街に高い建物がありませんし、山も見えませんから、水平線上に浮いて輝くメタルみたいですね」

「そう、函館市は吹きさらしさ。ふつうはシベリアのほうから西風が吹いてくる。季節風でコンスタントだから、これはこわくない。けど、東風はこわい。これは低気圧で突風が吹く。連絡船はこれがおそろしい。函館の大火もこれでやられたんだから」

「ほんと、吹きさらしですよね、さえぎるものがない町ですね。海の中の野原みたいな町ですね」

「一番狭いところは二キロ欠けるんだもの。両側が海で幅が狭い。この山のてっぺんから見せたかったよ。横たわる女の細腰のように、きゅっとなっていて、細腰の両方に海がひろがってる」

坂本さんは土地っ子である。私はその思いが十分にありがたかった。

かもめの動きが、すごい。眼下の海面を狂ったように群れ飛んでいる。

「ここの大火は日本史上にないの、これ以上のものは。明治四年から大正までのあいだに二十三件もあった。最低で四百二十七軒焼けた。いつもそれ以上焼けているよ。昭和九年の三月二十一日には住吉町のほうから火の手が上って、町の三分の二が焼けて、二千人なくなった。その時、ぼくの家も焼けた。こんな例は日本史上にないの。啄木も明治四十年の火事で焼けて、やむなく函館を離れたんだから」

「ああ、そういうことですか、あの方が出て行かれたのは」

「そうだ。火事にならないなら、ずっとここに居たわけさ」

立待岬の近くに、啄木の墓もその家族の墓もあった。タクシーの通り道に。私は車を降りて、墓前に手を合わせた。遠い日に手にした布張りの歌集の、砂色をした文庫本とそのざらりとした手ざわりがよみがえる。それを読んでいた日の、日の光も。

「函館はこうして案内していただくと、長崎によく似ているなと思います。あそこの町も坂の町だし、中国の寺があるし教会が多いし……」

私は印象を話す。

が、とてもちがうところもある。それは、長崎が外来文化を市外の村や町へ地下水のように流していた、あの脈々としたぬくもり。それが、ここには感じられない。教会や西洋風の木造建築物が、静かに、美しく、時間を止めてたたずんでいるのだ。

長崎はその近郊の村びとと、生活上も心象界でも深くつながっていて、近代に入るとそれは復活した。教会も西洋文明としてではなくて、地元に生きつづけていた信仰の世界化として建てられた。また、外来文化の窓口が東京へ移り新知識や経済活動の波が一挙に移ったのちも、まわりの村や島々に生きる信仰の象徴の地としてゆるがぬ時をきざみつづけた。私は敗戦のあと、まだ復興ならぬ長崎で、幾人かのシスターに会った。貧しい暮らしの家の中で。彼女たちは家族を気遣って、時折、短い時間の訪問をしていたのだ。それはまだ十代の少女だったから、親は神にさしあげたその子に、ふかしたさつまいもを食べさせていた。

彼女たちが口べらしのように入園していた神の園は、あちらこちらにあった。また、外人墓地のようなキリシタン墓地も。

祭りも風習も食事も、渡来した異国の味を教会の鐘の音のようにしみこませてしまっている。そのような外来文化の内在化が、長い歳月のあいだに長崎の風土の趣をかもし出していた。

函館は一過性の渡来文明だった。

が、ここにはその様式を再現させる新鮮さへの意欲と経済力があったのだ。いくつもの建造物がそれを物語っている。わけても保存修理工事が終ったばかりの旧函館区公会堂は、気品と華やぎのある欧風な木造二階建で、設計請負ともに函館在住の人であった。そして、ひとり建物ばかり残されたわけではなく、街路の作りも街路樹への配慮も、点在する西欧史跡と海を持つ坂の町とを、明るくのびやかに結びつけているのだった。

これは日本の多くの町が生活のための自然発生的な集団化によっているのに対して、いかにも、国家を背に負ってやって来た他国との、交渉の舞台として発足した町であるのをしのばせる。そしてまた、その発端を、生産活動や経済発展の契機とも方向づけともしてきた人びとの、舞台であることを。西洋文明の直接性はこの町では、虚の世界よりも実の世界で具象化しているようだ。

「そこが亀井勝一郎の生誕した家だ。すぐ近くにハリストス正教会と聖ヨハネ教会があるし、その角は東本願寺の函館別院だ。そのむこうは中国寺。こういうふんいきの中で少年勝一郎は育ったわけさ。世界の宗教が一堂に会しているような所で」

たしかに感受性ゆたかな者にとって山の手の夜明けはタブーを破るものだったろう。坂道はゆるやかに下り、その先に海がみえる。あたりの民家は質素で、そしてやはり木造の洋風建築をとりいれて静かに並んでいる。

実は私は昨日も山の手をタクシーで通っている。そして胸突かれる思いをしたのだった。そこここに建つちいさな木造洋館が目に入ったので。

大正から昭和初期にかけての洋館である。この様式の建物は植民地でも流行したのだ。細めの木材を横組にした南京《なんきん》下見の壁、縦に細長い窓の列、窓の上や玄関の上に張出した三角屋根。ペンキの色はくすんだ緑と白が多い。伝統的な日本の民家の、歴史が浅いことと相まって、モダンな生活の器のように建っていたのだ。あの頃、植民地に。

能登あたりで見た厚い藁ぶき屋根に漆喰壁の、どっしりとした構えの暮らしぶりはここにはない。度重なる火災にもくりかえし典雅でモダンで合理的な回復をみせたらしい経済力と、過去を引きずらないさわやかさがみえるばかりだ。昭和骨董と呼びたいような時代性をみせて。

——とてもよく似ている、この山の手は、私の記憶の町の一隅と——

それは長崎の坂の町よりも、より本質的にかつての植民地の日本人町に似ている。ロシア寺とかガンガン寺とかと呼んで、その初期に地元の人がものめずらしがったという白いちいさい尖塔のような教会を見上げながら、私は幼時に通った教会の庭の、からたちの垣根を思い出していた。が、ここ函館ハリストス正教会の庭には夏草が末枯《すが》れ、あじさいが乾いた色で小型の花を枯れ残している。若い女性の観光客が二人、私たちの先になり後になりながら、この庭に隣りあった聖ヨハネ教会へ歩いて行った。

レンガ造りの建物も市中に焼け残って市民の広場に回復していたが、もう止そう。あまりに似ていて、胸が痛くなる。レンガの建造物は港にも巨大倉庫を並べていた。私の追想は、レンガを幾枚も背中の籠に積み上げて、うつむいて、黙々と働いていた朝鮮人の男たちと重なってしまう。そして当時、まだ就学前の私は、この世とは、働き蜂の大群と彼らが建てた建物で、食事をしたり音楽を聞いたりする日本人がいる所だと感じて疑問を持つことはなかったのだった。赤レンガの建物は心に痛い。刑務所も赤レンガだった。朝鮮人の思想犯が入る所だった。

赤レンガ。北海道の鉄道トンネルの赤レンガ。私は私の映像の中で、北海道のトンネルの壁にぬりこめられていた白骨たちと、自分の昔の日々の中で、一枚二枚三枚とばらばらなレンガを運んでは建物に造り上げていた人の、沈黙とが重なるのである。

私たちが赤レンガの建造物に魅せられるのは、それが一枚一枚人の手で積み重ねられているせいだ。その重なりが、一日一日を踏み渡る人生そっくりに見えてしまうからだろう。

「ほら、窓枠の赤レンガが黒ずんでいるだろ、焼け残った跡だ」

こまめに案内してくださる坂本さんの声がした。

昼食をして、坂本さんと別れると、私は逃げられぬ空からのがれようとするように、また、港へ行った。

開拓は欲望と背中あわせ。が、開拓は貧困を超える必死の手段。開拓は資本の暴力。が、開拓は精神の独創。そしてまた開拓は神々の闘争でもある。アイヌの神はどこへ追われたか。ガンガン寺の鐘は、東京神田のニコライ堂へ移って行った。

北井さんと町角で、ではね、と別れる。

ようやく仕事だ、というように、北井さんが歩いて行く。たのしみだな、と、私は思う。時に一緒に仕事をしてきたから、彼の心をとらえる風物は予感できる。そしてそれは私にも納得できる美意識だ。私のたのしみは、北井さんが私には気付かなかった角度から対象に迫っている作品に出会う時で、思わず、すごい！　と心が言う。おだやかでいて、鋭く、おしつけがましさも、てらいもない。そして、はっきりと語っているのだ、自分を。世間に迎合しない作品に会うと、私は心が洗われる。が、きっと、こういう写真は今は売れないにちがいない。

ところで、市場の中のすこし汚れた喫茶店の、狭いカウンターのとまり木で、私はおもしろい話を聞いた。

「函館の結婚式はすごいよう。東京なんか、客は六十人か七十人くらいしょ。ここは、三百人なんか、ざらだ。派手だよね。みえ張るっていうか」

店の女の子が話したのだ。

「どうしてって、大勢呼ぶほうがお金集まるっしょ。ホテル代は安いもの、式場費は。三百人呼んで、一人一万円のお祝としたら、全部でいくらね。ね、そのお金でなんでもまかなうのよ。披露宴の費用も引出物もなんでも。新婚旅行の費用だって出るよ。あたしは東京に二年いたけど、あっちみたいにホテル代高くないよ。大広間借り切ってするの。お祝儀袋なんか、こんな大きなのしつけて、週刊誌みたいに大きな袋よ。東京なんか、普通のふうとうみたいなのし袋使うね。あんなのでないよ」

彼女は結婚前なのだろう、友人関係をみんな呼ぶと、やっぱり三百人は軽いと言った。おおらかで、合理的で、おもしろいなと思う。数百人の客というのは津軽でも聞いたけれど、それは村びと残らず招かないと心理的なしこりが残るから、というものだった。お金が集まるからいい、など、誰も思わない。かまどかえしてしまうほどだ、と言った。

新開地の町には、こうした変化が生まれるのだろう。村単位ではなく、個人を単位とした共同性へと移っていくのだろう。ゴム沓をはいた市場の男が、入口から顔をのぞかせ、冗談を言って出て行った。カウンターの壁には、後払いで食べる食事の伝票やコーヒーの割引券がいくつもぶらさがっていて、それぞれ持主が預けているのだった。

私は時間をみはからって函館大学へ行った。榎森さんの研究室で永野弥三雄先生に紹介していただいた。お会いするなり、私はほっとして、奥能登の海辺と、富来の宿の幸子夫人のあたたかな顔が浮かんだ。永野先生は温和な笑顔で、私の申し出を受けてくださったのだ。

「先生、能登へ参りましたら、北海道はすぐそこ、というような生活が海岸の町々にありましてびっくりしました。なかでも富来町の風無とか、千ノ浦とか……

サハリン沖のサケ・マス漁の漁場を開拓された永野さまの話は富来のどこででも聞きました。永野彌平さん。そのお方が先生の……」

「そうです。わたしの父は祖父が六十歳すぎの子ですから、わたしと祖父の年がちょっと離れすぎてますが、祖父であることはまちがいないのです。彌平は天保三年（一八三二年）の生まれですから、普通ですとわたしのひいじいさんに当る年齢になりますけど、祖父です。

代々彌平を襲名していましてまぎらわしいのですが、父もやっぱり彌平になりました。北洋漁業に関する限りは祖父が一代目になっておりますが、何代も彌平彌平で」

「おや、まあ、では先生もいずれ……」

と、私は笑った。

「いえいえ、父は昭和五十二年に死にました。父もやはり樺太、今のサハリンですが、その漁業に顔出しとります。わたしも漁に出ていました」

「え！　先生も海をご存じでいらっしゃいますか」

私はうれしくなって大きな声を出した。

「能登で、風無で、漁船に乗りましたよ。終戦後、しばらく」

「あらあら、そうですか。風無もご存じなのですねえ」

「富来町に家がありますから。わたしも富来に住んでいました。父や祖父ともに」

「え？　函館に会社もお住いもありましたのでは……」

「祖父の正妻は能登に、妾と会社は函館、船は大阪でして」

先生は笑われた。私も、おやまあ、と言って笑った。北洋漁業が大資本化する以前の、北海の開拓期の話である。

私はサハリン漁場開拓者のひとりである彌平さんの、北へと進んだ航跡のその発端をあらまし聞き、先生の車でその当時の漁港や会社の跡をたずね、さらにお宅にまで案内されて貴重な資料を拝見した。

「弟の嫁が急に死にまして、金沢に明日発ちます。時間があればもっとゆっくり見ていただきたいものもありますが」

そんなふうに話されて、私は恐縮してしまう。この函館の町を活躍の基盤にした人びとの、その実像のそば近く立寄ることができて、私の中で大勢の海の男たちの姿が立ちさわぐ。あわただしい旅に、これ以上の土産はないのだった。

私は先生からうかがった彌平さんの話を書きとめておこう。先生は、北洋漁業には大きな会社がいくらもありますし、わたしのところなど、もののかずではありません、とおっしゃったが。「わたしも東邦水産の最後の役員ですけど」とのことで、彌平さんゆかりの会社は近年倒産。資料の大半は市史編纂室へ預けてあるという。

漁港近く、じっくりと住みこんでいる感じのただようあたりに、売買契約をすませたという大きな和風住宅が、昔日の趣を残して空家のまま荒れていた。かつての会社の跡は、今はイカの加工工場となって函館湾に面している。

さて、奥能登の海辺の永野彌平がサハリン漁場の開拓者となった、その発端はどういうことだったのか。

富来町風無の生家の屋号は二津屋である。富来の港は北前船の寄港地だった。二津屋も北前船主であったが、彌平が生まれた頃は没落していた。生誕の翌年が天保の大飢饉である。今から百五十年あまり以前のこととなる。その当時の話を直接祖父から聞いたという永野先生がうらやましい。

「彌平は富来の男たちの多くがそうだったように、北前船に乗りました。少年ですから、カシキです。炊事係ですね。富来から大坂へ出て、大坂の港に保管してある船に乗って日本海を渡っていたわけですが、いろんな苦労があったとみえて、よく話していました。薪を枕に寝たというんです」

富来港は北前船の寄港地なので、各国の藩船も寄港する。この港の近郊の村々からは、他藩の船の船乗りになる者も多い。青年となった彌平は、たまたま加納藩の船に乗ることになった。加納藩は岐阜の三万二千石の小藩。その藩船を運用していたのは長野長十郎という百五十石の徒頭《かちがしら》だった。彌平は長野長十郎にやとわれ、加納藩のお手船住吉丸の船頭となった。徒頭は船の責任者であり漁場の監督者でもあるので、かなりの経験者でないとつとまらない。徒頭は当時北えぞといっていたサハリンに出漁する船であった。彌平の腕を見こんでの就労だったろう。

サハリンはその領有権が国際間で定まってはいなかった。幕府は松前藩を直轄地とした幕末に、ここも直轄地にして二名の請負人を置き、サケ・マスなどの漁業に当らせていた。そして、さらにこの地に和人の実権をひろめることを願い、越後の大庄屋に漁場を拓かせんとしたり、財政に苦しむ諸藩に出漁させたりした。加納藩もまた、その中に加わるべく、彌平を船頭にやといいれたのだったろう。

彌平が加納藩のお手船住吉丸でサハリンへむかったのは、慶応元年（一八六五年）のことのようである。だから、その十余年前に請負漁業がはじまっていたことになる。彌平が残した加納出稼ぎ図面には、それら漁場や他藩の出稼ぎ場が記してある。

加納藩おかかえの船頭としてサハリンへ渡った彌平は、ホロナイ川まで行き引網の方法でサケ・マスをとった。新開の漁場だが、よくとれた。

翌年も出漁した。

早春に家を出て、徒歩で大坂の港まで行き、船を出し、日本海を渡って函館に至る。途中で漁夫をやとい、函館で網や食料や酒、塩、大工道具その他、漁場での必要品をととのえる。そして出航。函館からサハリンまで、帆船の住吉丸で三十日ほどかかって行く。風によっては十五日ほどで行くことができた。

ところである年のこと、八百石ばかりのサケ・マスをとることができて、函館まで戻って来た。が、函館は風雲急を告げるというような異常なふんいきである。何はともあれ漁獲物を江戸まで運んでおこうと、東まわりで（つまり太平洋側を航行して）江戸へむかっているると、陸前高田のあたりで軍艦と出会った。開陽丸に乗りこんでいた榎本武揚の軍隊である。開陽丸のほかに回天など合計八艦、兵二千でえぞ地へむかっていたのにぱったりと会い、陸前高田港で、船と水夫と八百石の魚をとりあげられた。

慶応三年（一八六七年）十月大政奉還となり、翌年四月江戸城明け渡し、榎本たちは八月中旬に出航してえぞ地へむかっていた時であるから明治維新のただ中を、彌平は海で魚と格闘していたことになる。船頭が船をとりあげられては埒が明かない。彌平は奔走し、長野長十郎運営の船であることを、さる人に証言してもらって、ようやく返還にこぎつけることができた。船と水夫は無事に戻った。魚は処分してしまった。そしてその年の年末に能登の生家へ帰った。明治元年の暮である。

翌年、早春の頃、雪を踏んでふたたび大坂へむかった。船出して、やがて、函館に着く。ところが四月五月の漁の仕込み時期に函館戦争となった。彌平が函館湾に到着した時は、すでに榎本軍によって湾は封鎖されていて入れなかったのだ。海中に網をめぐらしている。三月に品川沖を出発した政府軍の甲鉄船も、封鎖のために沖に碇泊した。

この時、船頭彌平は加納藩の帆船住吉丸の船頭として、官軍の員数に入れられてしまったのだろう、小藩ながら加納藩も参戦していたのだから。彌平は官軍の参謀たちから海中の封鎖網を切り、活路を開くことを命じられたのだった。

彌平三十七歳。命を受けてから機をうかがっていたが、二日目の暁に濃霧にまぎれて住吉丸を漕ぎ出した。そして水夫たちと波をくぐり湾内封鎖の艫綱をつぎつぎに切り放っていった。加納藩は便乗勤皇である。藩主永井家はこの戦功によって五稜郭攻撃に名をあげることができた。艫綱を切ったのが五月九日、このあと十日間を待たずに榎本軍は降伏した。永井家から感状と永野姓、そして金百二十両が与えられた。

彌平がサハリン漁場の開拓へと独力ですすむのは、この後のことである。賞金百二十両がその資金となったのだった。が、彌平はいつも東京に住む殿様、つまり永井家に挨拶に行っていたという。生家は能登ながら、職場としての函館の歴史がその生涯を決めたのだった。

その後彌平は帆船六艘でサハリンへ出漁した。漁夫の監督に当る水夫が五、六人。これは郷里の仲間である。漁夫は定置網一カ統に関連する者三十人が必要である。八カ統で二百四十人。この漁夫は地元や津軽地方でやとう。とれた魚を塩ものにするので、塩五千俵。塩のほかに衣類を積んでいく。古着だが、これはサハリン在住のオロッコ人、ギリヤーク人、アイヌ人たちが欲しがった。

現地で仕事にかかると、とれたニシンやサケ・マスの水揚げとか、切ったり干したり塩加工したするのは、それら北方民族の男や女たちである。原地人の多くの人が従事した。沿岸各地に漁場を拓いていったが、特に、ホロナイ川の川口右岸一帯の広い漁場は、よくとれた。明治十五年のサハリンでのサケ・マス漁獲の最高記録を出している。

ところで維新前は北えぞと呼び、維新の後には樺太と称するようになって、北海道とともに開拓使の管轄下におかれた現在のソ連領サハリンは、北えぞ時代からロシア人が南下しはじめて、しばしば衝突していた。北えぞを幕府が直轄地とし、漁場開拓を計って、加納藩とか、安房勝山藩、越前大野藩など財政難の小藩が漁業にのりだしていた時、ロシア人の渡来も、また、領土の主張も、おいおいと強くなっていたのだ。そして彌平が漁獲の最高記録を出した頃、日本人漁業禁止区域を設けた。

「ロシアの漁業封鎖でほとんどの日本の漁業家が倒産したようですが、祖父は封鎖された湾のぎりぎりのところまで行って、千四百石ばかりとっています。資料でみますと。そんなことを何度かやってますね。ずいぶん思いきったことをやってるようです。

しかし、沢山手紙が残っているんですが、能登のわたしの祖母宛に実にめめしい手紙なんです。祖母というのは三人目の妻です。晩年の妻で、わたしの父とか父の兄弟を祖父の晩年に生んだつれあいですが、死ぬ直前の手紙など、『おまえの写真を朝晩眺めとる』とか、ほんとにめめしいというか……北洋漁業の現地から、なんとも……」

先生はそう言って笑われた。私に未見のサハリンの海辺と、肌ぬぎになって指揮する海の古老の足跡が見えるようだった。

「祖母はそれらの手紙を、旦那様よりの手紙と表書きして、まとめてとっておりました。

函館には妾がいて、その子もいて、海では思いきったことをやってきた祖父ですが、漁師というのは荒々しく気も強いが、また、明日をも知れぬ仕事のせいか、非常に気の弱いところもありますね。どうもそう思います。信心深いし。九月にはサケの初ものを売りに出すのですが、一番船で帰って来ていました。村びとが、『旦那さんが新物《しんもん》積んでもどってござった』と言っておりました」

待ちかねていた人たちの、そのまなざしが、日本海海上を近づいてくる井桁丸の帆じるしにそそがれていたことだろう。

はるかな、遠い日を見る思いがする。けれども、それは、漁業が大資本化する直前の、北へ北へと刻んだ海の開拓者の、心の跡なのだった。

彌平のあと、富来町風無から、彌平ゆかりの小川彌四郎たちが、さらに北へ出て行く。日露戦争後の、ロシア領カムチャッカ沿岸へ。函館の大火で大損害をこうむりながら。

函館は多くの要素のいりまじった都市である。東関以北でここが最大の町だった年月が長くつづいた。多くの要素の中で漁業の占める位置が、きわだって大きかったことが繁栄の理由だと思う。沿岸漁業ではない。サハリン、カムチャッカ、アリューシャンへと漁場をひろげた諸方の出身者の、基地の町だったからである。

第二次世界大戦ののち、遠洋漁業は漁区を失っていった。また同時に、大資本化する企業に押されて、函館を経済活動の基盤にしていた漁業家も、海産物商も活路を閉ざされた。

それでも市街は函館山から次第に離れながら遠くまでひろがった。夕闇も暗くなった頃、山の手のホテルの窓から、末ひろがりに遠くまで市街の灯が見えた。月がのぼっていた。

北井さんと落合って、最終便に乗るため空港へむかった。幾度か通った町筋が、はや、私になじみのある風情で今日の日を終えようとしていた。

津軽海峡を越えて　あとがき

北海道は幾度となく訪れていて、誰もが感じているように私も、ここの自然に心ひかされ、できることなら住みたいと思う。すこしくらい熱がある体調のときでも、冬のきびしい空気を吸い込むと、微熱は消えていくほど私にはこのひろびろとした空間と冷気とが、心と体の調子に合っている。

それでいて、自分にとって快適な場所にとどまれない屈折した思いが、私にはある。これは、もう、仕方がないと思っている。その屈折した思いは、快適な場所にこもっていた他人のかなしみを、無視し、踏みつけて生きた植民地体験に由来している。

私の旅は、いつでも、それの昇華を求める道行であるらしく、我を忘れて自然と遊んだあとは、きまって、寝付かれぬ夜がくる。幾度かの北海道の旅の中で、松前半島めぐりを選んでここにまとめたのは、この半島が、我を忘れて遊ぶほどゆたかに、四季折々の北国の表情を持つわけではなく、むしろ、遠い昔からここばかりは本州の飛地のように、手垢にまみれているからである。

名もない人びとの手垢の跡は、降りつもった落葉のように、はかなく、そして、ぬくもりがある。それに私も手をふれながら、自分のよみがえりを願う。

この半島の北に、日本にはめずらしい視界をみせて北海道の大地がひろがっているのだ。けむるような光の中の原野が目に浮かぶ。吹雪が舞っていたおそろしい光景が思い出される。落葉樹林の鼓動が聞こえる。流氷が輝いていた一面の白の世界。そして、それらの中で、人びとはみなやさしくみえた。人間というものの限界を知っている表情だった。あの表情は、ほかの地方では見ることがない。

私が北海道が好きなのは、広大な視野の中に、ぽつぽつとたたずむ人びとの、あの蟻《あり》ん子めいたまなざしに会えるからだろう。何か、気負いこんで暮らす私たちを、北方の白い微笑でじっとみつめるように思われて、思わずほっと息を吐く。

もし、私が幾年か北海道で暮らすことができたなら、私にもあの表情が育つのだろうか。欲しいなあと思う。

この小著に北井一夫さんの写真をいただいた。北井さんとも、一、二度松前半島以外の町や野を歩いたことがあり、花咲ガニがおいしかった。詩情をほしいままにさせず、さりげなくおさえるその頃合いのよさが、北井さんの写真にあって、この旅の書を奥行のあるものにしていただいた。ありがとうございました。

花曜社の浦野敏さん、ご関係のみなさん、お世話になりました。お礼申します。

一九八四年七月二十日

森崎和江

文庫版解説　旅する言葉、海と女の思想圏

渡邊英理

本書『能登早春紀行』は、森崎和江の八〇年代前半の二冊の著作、『能登早春紀行』（一九八三年）と、『津軽海峡を越えて』（一九八四年）を収め、文庫オリジナル版として編まれたものである。森崎和江は、旅する思想家だ。二〇二二年に九五歳で逝去するまで、およそ七〇年の長きにわたる文筆活動のなかで、多くの旅をした。本書は、旅によって綴られた森崎の著作のひとつである。

旅は、森崎の生の基調にある。一九二七年、日本による植民地支配下の朝鮮で生まれた森崎は、十七歳までの時間をその地で過ごした。植民地支配とは、そこに住む人びとから「故郷」を奪う行為に他ならない。朝鮮は、森崎が生まれ、少女期を過ごした生地だが、

朝鮮の人びとの「故郷」を奪った支配者のひとりである限り、朝鮮を「故郷」と思ってはならない。こうした植民地支配に対する罪の意識から、森崎は、自分に朝鮮を故郷と思うことを堅く禁じた。だから、森崎は、「わたしには故郷がない」とも言う。旅は、「故郷」のない森崎の詩と思想に基調音として響いている。そして、他の森崎の旅がそうであるように、本書の旅とは、二重の意味を帯びる。その旅は、森崎自身が移動をする、その身体の地理的な移動であると同時に、思念の移動、すなわち、思索や思想が変じていくという意味での精神の移動である。『能登早春紀行』もまた、こうした意味での旅の言葉だ。

森崎が、日本各地を盛んに旅するようになったのは、一九七九年、筑豊炭鉱北部の福岡県中間市を離れ、福岡県宗像市に転居して以降のことである。一九五八年、森崎は、谷川雁とともに中間市に移り住む。同年九月に創刊された、九州・山口地方のサークル運動交流誌『サークル村』には、唯一の女性の編集委員として名前を連ねている。

炭鉱は、近代の光を文字通り地下労働において支えてきた、日本の近代の産屋である。森崎が中間市に移り住んだ頃は、しかし、その長い歴史に対して、国策によって終止符が打たれようとしていた。時は、政府主導の「エネルギー革命」の時代、石炭産業の合理化と再編成が進められ、多くの炭鉱が閉山し、大量の離職者が生み出されることになる。

日本が経済成長を迎える時期に炭鉱にもたらされたこの「終焉」は、労働者の生存に関わる切実な労働問題であるが、同時に、文化の問題であり、実存の問題であった。常に死と隣り合う地底での過酷な労働に携わる坑夫とその家族は、地上世界とは異なる実存的な生のあり方、信仰や倫理、感性、性愛観など、実に豊かな精神世界を育んでいった。しかし、炭鉱の「終焉」によって、その煌めきは地底の奥深くにおしとどめられたままに、それらのすべてが闇のうちに葬り去られようとしていた。

筑豊で坑夫らと運動と闘争をともにするなかで、森崎がかけがえのないものとして接したのは、これら炭鉱労働者の実存と精神世界である。その世界は、地上の世界の同質的な共同体、同調圧力の強い「村社会」における個や集団のあり方とかけ離れ、地上の論理を批判的に照らし出すものであった。筑豊時代の森崎の言葉の一角は、地下世界の欠片を拾遺し、それらに「死後の生」を与えることに費やされている。地上世界とは異なる地下の世界を語るには、地上の言語は間尺にあわない。その世界を語るにふさわしい言語が必要となる。ゆえに、森崎は、その世界の豊饒さを損なわずにすくいとるための言葉を探し求める。たとえ、それが翻訳不可能な質をもつものだとしても、それが不可能だということそれ自体をも伝えるために。森崎が炭鉱労働者へ聞書きすることで書かれた『まっくら女坑夫からの聞き書き』（一九六一）や『奈落の神々　炭坑労働精神史』（一九七三）は、その貴重な実践である。そこでは、儚くも豊饒な地下世界が、自らを詩人と称した森崎の詩語によって、その世界の翻訳不可能性もふくめて細やかに綴られている。

運動の後退戦のなかで居場所を見失った谷川雁が、一九六五年に中間を去り、筑豊を離れたのに対し、森崎は、その後もその地にとどまり続ける。そして、一九七九年、森崎は、およそ二〇年の時を過ごした筑豊近郊を離れ、海沿いの宗像へと移り住む。以後、宗像を基点に日本各地へ旅にでかけ、旅を続けていくようになる。本書が収める「能登早春紀行」と「津軽海峡を越えて」は、宗像時代の森崎の旅が生みだした著作だ。

森崎の作家的系譜で言えば、「能登早春紀行」と「津軽海峡を越えて」は、『海路残照』（一九八一）の続篇にあたる。『海路残照』は、玄界灘の海辺に伝えられる、海のほら貝を食べ不老長寿を得て各地を巡った海女の話や八百比丘尼の伝説を端緒に旅がはじまる。かつて福岡県の玄界灘沿いにある鐘崎の海女たちのなかには、黒潮、対馬海流にのって日本海を船で渡り、能登半島であわび漁をし、やがて一家でその地に住み着いた者たちもいた。森崎は、海女たちの移動の軌跡を追って能登半島を旅する。海女たちが移動する日本海はまた、北前船の航路であった。『海路残照』は、この船による移動、すなわち海の道をめぐって書かれている。その末尾近くでは、青函トンネルの工事が点描される。このトンネルが完成した時に、青函連絡船の歴史が終わることを、わたしたちは知っている。トンネルの開通が連絡船による移動に終止符を打つように、かつての船の移動もまた、交通手段が変わり、交通網の合理化や再編によって姿を消したのだ。『海路残照』の旅は、青森から連絡船で渡った函館で終わっている。

本書前半部の「能登早春紀行」では、『海路残照』で訪ねた能登半島が再訪される。後半部の「津軽海峡を越えて」では、『海路残照』の終着点である函館から先が主な旅先である。函館から伸びる国鉄は木古内でふたつに分かれ、松前線が松前まで、江差線が江差まで走っている。森崎は、すべてを鉄道で回ったわけではないが、この国鉄沿線や近傍の街々を経巡っている。

とはいえ、『海路残照』と、続篇「能登早春紀行」、「津軽海峡を越えて」は、それぞれの言葉も、この三つの著述の関係も、ずれながら重なり、時に後戻りし時に迂回する、行きつ戻りつの道行きである。これらの著作は、出発地から目的地へと一直線に前へ前へと進むようには書かれていない。「どこを歩くというあてもなく出かけ」る旅の言葉だ。したがって、これらの言葉を読むことは、迂回や屈曲に満ち、偶然に左右される旅の道行きにこそ身を委ね、その空間的移動とともに思念の揺れ動きをも体感することだ。言葉の連なりに視線を投げかけるうちに、波間にゆれる小舟の船上にいるような心持ちを得る。その時、わたしたちは、簡単には答えがでない、あるいはだせない状態に耐え、自己の鎧を脱ぎ捨てて、不透明な他者とともに生きようとした思想家・森崎和江の構えにすこしだけ近づいている。

先述のように、本書『能登早春紀行』は、『海路残照』の続篇であり、いずれも宗像時代の森崎の著作である。筑豊時代の森崎は、筑豊炭鉱近郊にとどまり、その地を基点に『まっくら』や『奈落の神々』などの著作をものした。それに対して、旅をしながら言葉を紡いだ宗像時代の森崎は、その思考や執筆のスタイルがやや異なっているように見える。しかしながら、その一方で、宗像時代の森崎が、筑豊時代の問題意識を別様のかたちで引き継ぎ、異なる角度から深めていることも確認できる。

鐘崎の海女漁はつい近年まで続いていた。体験者も健在だが、この頃は漁の形がかわりウェットスーツを着た男たちの仕事となっている。かつては男は船を漕ぎ、女が海にもぐるのを船で見守っていた。(「能登早春紀行」本書、四六~四七頁)

女性の坑内労働の禁止によって、炭鉱では女坑夫の姿が消えていった。そして、いま、鐘崎の海女の姿が消えつつある。

『海路残照』では、輪島の海女の漁が終わったことも痛切な喪失感とともに記されている。

ここ数年のあいだに海女の漁は終ったのだった。鐘崎とおなじように。「めおと船も多いわ」とのことで、夫といっしょに漁船に乗って、かつての海女たちは夕暮れの海へ出て行く。女は船に乗せないという漁村も少くないことを思うと、やはり輪島は海女漁の伝統の地である。

漁業協同組合に寄って、あわびがほとんど採れなくなったので養殖にふみきった話を聞いた。町中の人が島渡りをしてあわび採りをしたながい歴史は、ほんとうにすっかり終ったのだった。ここ数年でぐんぐん漁船漁業がふえて、八割から九割となってきたという。

海女たちは、鐘崎から日本海を船で渡り、輪島に移住し定着したのだった。鐘崎から輪島へ、海女たちの移動の経路を辿って『海路残照』「能登早春紀行」と書き継がれた森崎の旅の言葉は、聞書きの構えを備えている。森崎の最初の著作『まっくら』は、かつて坑内労働をしていた女坑夫への聞書きであった。筑豊時代の森崎は、女坑夫たちの姿や声が掻き消されつつあるなか、その声を聞書きした「スラをひく女たち」を『サークル村』に連載し、それに加筆修正をほどこし、『まっくら』としてまとめたのだ。森崎は、いま、まさに消えゆこうとする海女たちの声を聞き、その声と姿を書きとどめようとする。

また、女を船に乗せないという禁忌は、生殖・出産を担う女性を不浄視する価値観に基づいている。それに対して、潜水漁を女性が担う海女漁は、女性差別からいかにも自由だ。「女は船には乗せん、というタブーが漁民には今なお続いている地方が多いが、海女漁をしていた村は昔からそのタブーは強くない」（「能登早春紀行」本書、八五頁）。「漁村はことに赤不浄を忌みて月事の女は浜に出さぬところさえあるが、海女漁の村にはその傾向は淡い。生理にかかわる不浄観は、あるいは海洋信仰とは別の文化の影響かもしれぬと思いつつ老女の唄をきく」(『海路残照』)。月経中の女性が浜にでることすら禁じる地区もあるなかで、女が船に乗り、漁をする慣習は、生殖や出産、それに関わる女性の生理を不浄とする価値観に縛られず、解き放たれている。『海路残照』は、妊娠中の海女が出産間際まで漁にでて、船のうえで出産した逸話をも書きとめている。

森崎は、旅を通じて、「いのちをもたらすもの」としての海と海の女神を見出す。そして、女性の生殖や出産を不浄ではなく、生産や生の豊かさと結びつける海の思想圏を浮き彫りにする。性差別的な地上の世界とは異なる、この海の世界をすくいとろうとする手つきは、炭鉱という地下世界に光をあてようとした筑豊時代の森崎の企てと通いあい、響きあっている。女性の生殖出産を不浄視する社会は、死をも忌むべき状態として穢れとする。森崎にとって、海とはまた、生も死も不浄のものとして切り捨てられるものではなく、生命の一部としていつくしむことがなされる思想圏に他ならなかった。

方法という視座から見れば、『海路残照』では、海女などを等閑視しがちな民俗学への批判を伏流させている点で民俗学的な手法が意識されているのに対し、『能登早春紀行』は、生活史のスタイルに近づいているようにも見える。森崎は、『海路残照』で鐘崎の海女の移動の経路を浮き彫りにし、鐘崎の海女たちの信仰から海の思想圏を素描した。『能登早春紀行』は、その鐘崎の海女たちの移動圏(「能登早春紀行」)とともに、アイヌが潜水漁を担った地域文化圏(「津軽海峡を越えて」)をもカバーしている。『能登早春紀行』では、海女の思想圏にアイヌの潜水漁の地域文化圏を加え、その地に住む人たちの声を拾いあげ、そのライフヒストリーまで記されている。

　陸を中心とする地図では遠く離れて見える鐘崎と輪島が海を通じて通いあう。海女たちの心象地図において、鐘崎と輪島はけして遠くはない。『能登早春紀行』では、北前船を通じて、能登と松前が「交流」しあう様も描き出される。その心象地図が、アイヌに対する迫害と「入植植民地主義《セトラー・コロニアリズム》」のうえに成立していることを見逃してはならない。が、同時に、境や垣根を越えて、遠く離れた他なる者たちとともに不透明な世界を生きる力も潜在している。森崎の『からゆきさん』（一九七六）が描いた、娼妓として「アジア」各地へ渡ったからゆきたちが、帝国日本の侵略の尖兵としての役割を果たしたと同時に、支配者たち以上に、民衆のひとりひとりとしてより深く「アジア」や他なる者たちと出逢い、より直截に「交流」しともに生きることをしたように。森崎は、この民衆の「交流」から別様の地図を描き出している。別様の地図とは、既存の地政学を異化し、そして、別様の世界を想像し、さらには創造していく力である。民衆の「交流」から侵略と支配の要素を抜き去り、真に他者とともに生きる地平が拓かれたとき、わたしたちのもとに別様の世界が到来するだろう。

（わたなべ・えり／大阪大学大学院教授。日本語文学、批評）

『能登早春紀行』（一九八三年　花曜社）
『津軽海峡を越えて』（一九八四年　花曜社）

本書は右記の作品を合本のうえ文庫化した、
中公文庫オリジナル版です。

編集付記

一、文庫化にあたりルビを適宜追加し、明らかな誤植と思われる箇所は訂正しました。また、新たに地図を付しました。

一、本文中に、今日の人権意識からして不適切な語句や表現が見受けられますが、執筆当時の社会的・時代的背景と作品の文化的価値に鑑みて、そのままとしました。

中公文庫

能《の》登《と》早春《そうしゅん》紀行《きこう》

2025年1月25日　初版発行

著　者　森崎《もりさき》 和江《かずえ》

発行者　安部 順一

発行所　中央公論新社

〒100-8152　東京都千代田区大手町1-7-1
電話　販売 03-5299-1730　編集 03-5299-1890
URL https://www.chuko.co.jp/

DTP　平面惑星
印　刷　三晃印刷
製　本　小泉製本

Published by CHUOKORON-SHINSHA, INC.
Printed in Japan　ISBN978-4-12-207610-5 C1195

各書目の下段の数字はISBNコードです。978－4－12が省略してあります。

中公文庫既刊より

い-116-1
食べごしらえ おままごと
石牟礼道子
父がつくったぶえんずし、獅子舞にさしだした鯛の身。土地に根ざした食と四季について、記憶を自在に行き来しながら多彩なことばでつづる。〈解説〉池澤夏樹
205699-2

い-139-1
朝のあかり 石垣りんエッセイ集
石垣りん
働きながら続けた詩作、五十歳で手に入れたひとり暮らし。「表札」などで知られる詩人の凛とした生き方が浮かぶ文庫オリジナルエッセイ集。〈解説〉梯久美子
207318-0

い-139-2
詩の中の風景 くらしの中によみがえる
石垣りん
詩は自分にとって実用のことばという著者が、五三人の詩を選びエッセイを添える。読者ひとりひとりに手渡される詩の世界への招待状。〈解説〉渡邊十絲子
207479-8

し-11-2
海辺の生と死
島尾ミホ
記憶の奥に刻まれた奄美の暮らしや風物、幼時の思い出、特攻隊長として島にやって来た夫島尾敏雄との出会いなどを、ひたむきな眼差しで心のままに綴る。
205816-3

た-15-9
新版 犬が星見た ロシア旅行
武田百合子
夫・武田泰淳とその友人、竹内好との旅を、天真爛漫な目で綴った旅行記。読売文学賞受賞作。竹内好の随筆「交友四十年」を収録した新版。〈解説〉阿部公彦
206651-9

て-10-1
南洋と私
寺尾紗穂
「南洋群島は親日的」。それは本当だろうか。サイパン、沖縄、八丈島――消えゆく声に耳を澄ませ、戦争の記憶を書き残した類い稀なる記録。〈解説〉重松　清
206767-7

は-54-4
愉快なる地図 台湾・樺太・パリへ
林芙美子
旅だけがたましいのいこいの場所――台湾、満洲、欧州など、肩の張らない三等列車一人旅を最上とする著者の若き日の旅。文庫オリジナル。〈解説〉川本三郎
207200-8